火盗改「剣組」

鬼神 剣崎鉄三郎

JN214581

水名子

時代小説

二見時代小説文庫

目次

火盗改「剣組《つるぎぐみ》」——鬼神 剣崎鉄三郎

序

「親爺《おやじ》、やってるか？」

縄暖簾《なわのれん》のあいだから顔を覗かせた男は、店の奥で洗い物をしていた店主の治助《じすけ》に向かって笑顔で問うた。

《治助蕎麦《そば》》は、この三崎町《みさきちょう》界隈でも評判の店だ。

「すみません。生憎《あいにく》蕎麦は切らしちまいまして、いまから仕込みをするところです」

既《すで》に昼時を過ぎている。

店内には、一人の客もいなかった。それ故治助は、客の少ないこの時刻に夜のための仕込みをおこなう。

「ああ、蕎麦はいいから、抜きで三合ばかり飲ませてくれねぇか」

「へい」

と治助ははじめて顔をあげ、祭りでもないのに昼酒をくらおうという放蕩者《ほうとうもの》の姿を認めた。その瞬間、

（おッ……）

少なからず、目を見張る。

六尺ゆたか――いや、優に身の丈七尺はありそうな大男であった。着流しに二本差しという浪人風体《ふうてい》のその男は、大柄な体を窮屈そうに屈《かが》めて店内に入るなり、

「善《ぜん》さん、ゆきの字、お誂《あつら》え向きの貸し切りですぜ」

嬉しそうに背後を振り返った。すると、そのあとに続いて、同じような浪人風体の武士が二人、店に入ってくる。一人は、如何《いか》にも温厚そうな風貌の初老の男。もう一人は、年の頃なら三十がらみ、役者かと見紛《みまご》う美貌の男だった。

「…………」

その意外すぎる客の顔ぶれに圧倒され、治助はしばし呆気《あっけ》にとられる。

「おい、どうした親爺？　こうして店を開けてるってこたぁ、酒は飲ませてもらえるんだよな？」

「いらっしゃいませ」の言葉も忘れて立ち尽くす治助の耳許《みみもと》へ、髭面《ひげづら》の大男が問いか

けた。その声の大きさと、到底《とうてい》善人には見えぬ野卑《やひ》な笑顔に脅《おび》えて、

「へ、へえッ」

治助は忽《たちま》ち飛びあがる。

「お、お酒、三合でございますね。……た、ただいま、お持ちいたしますッ」

飛びあがって答えるなり、店奥の厨房へと去った。

「それと、なんでもいいから、なにか気のきいた肴《さかな》もな」

「へいッ」

威勢よく応えつつも、その声音は明らかに震えている。

「あ〜あ、また堅気《かたぎ》の衆をビビらせちまって、悪い人だねぇ、篤兄《とくにい》は」

「まったくだ。お頭《かしら》から、一度きつく叱っていただかねばな」

「もう、やめてくれよ、二人とも、俺ぁ、なんにも悪いことしてねぇだろ。酒と肴を注文しただけだぜ」

「この真っ昼間から酒を飲もうという魂胆《こんたん》が、そもそも悪いことなんですよ、篤兄」

「おきやがれ、陰間《かげま》野郎。どうせてめえだって飲むくせによう」

「これこれ、篤、そういうガラの悪い言葉づかいをするものではないぞ。常々お頭からも注意されているだろう」

「わかってますよ。お小言《こごと》はもうそれくらいにしてくださいよ、善さん。これから飲む酒が不味《まず》くなりますよ」

楽しげに言い合いながら、三人の浪人者は通りに面した四人がけの席に着いた。

それを確認しつつ、店主は大急ぎで酒を温《あたた》める。幸い、竈《かまど》の火はおとしていなかったので、ちろりに注いだ酒はすぐに温まる。

（はじめての、お客さんだよな？）

温めつつ、今年で六十の坂をこえた治助は懸命に己の記憶を手繰《たぐ》り、そのことを確認した。

昼時の最も忙しいあいだだけは、親戚の娘に手伝いを頼んでいるが、満席時でも十数人入るのがやっとの小さな店だ。一度でも来たことのある客の顔なら、絶対に見覚えている自信があった。

ましてや、あれほど個性の強い男たちの顔を見忘れるわけがない。

（なんで、よりによってうちなんだ？）

一瞬疑ったが、つい先日も、この店の評判を聞きつけ、遠く板橋宿《いたばししゅく》からわざわざ蕎麦を食べに来てくれた客がいたことを思い出した。《治助蕎麦》も、店を構えてもう三十年以上になる。

（まあ、いいか。……一人はちょっとガラが悪そうだが、あとのお二人は行儀のよさそうなお侍だ。これが縁で、お得意様になってくれたら有り難い）

そう思い返すと、治助は小鉢を三つ並べ、それぞれの器に、作り置きの惣菜を手早く盛りつけた。


「清次《せいじ》の野郎、上手《うま》くやれるかな」

「さあ……清次も足を洗って十年近く、しくじるかもしれないね」

「んなこと、わかるもんかよ。足を洗ったなんて、口先だけかもしれねえぜ」

「いくらなんでも、うちのお頭に嘘はつかんでしょう」

「まあ…な」

「しくじっていいんだよ。しくじってくれなきゃ、こっちが困る」

「それはそうだけどよう……」

「そのしくじり方なんですよ、問題は」

席に着いてからの三人は、交わす言葉の声音《こわね》が俄《にわか》に低くなった。店内には他に客はいないというのに、だ。傍《かたわ》らの小窓から、終始視線を外へ投げている。

その目は真剣そのもので、まるで通りを行き交う者たち一人一人の顔を、厳しく確認していようでもあった。

やがて店主の治助が、三合の燗酒《かんざけ》と数品の肴を運んできた。

「おう、待ってました」

「いただきましょう」

「いただこう。…但し、飲み過ぎるなよ、篤」

「わかってますって、善さん」

と、それぞれが、それぞれの速度で猪口《ちょこ》を傾けるようになっても、彼らの囁き交わす声の低さに変わりはなかった。

店内に、彼らの他に客はいないのだから、それほど声をおとす必要もないのだが、厨《くりや》にいる治助の耳にも殆《ほとん》ど届かぬほどの小声で、彼らは喋っていた。

「お、蕎麦以外の料理もいけるって聞いてたが、この玉子焼き、すげえ美味《うま》いぞ」

「顔に似合わず、可愛いものが好きだね、篤兄は」

「どういう意味だ？」

「どうもこうも、そのとおりの意味だよ」

「なんだと、この野郎――」

「これ、やめぬか、二人とも」

治助は、彼らの交わす言葉にも、彼らが時折息をひそめて見つめるその視線の先にも全く無関心で、ひたすら蕎麦打ちに没頭している。

「そろそろ刻限だな」

「お、出て来たぞ」

彼らが一心に視線を注いだ先には一軒の小さな旅籠《はたご》があった。

その旅籠の軒先を出て、ほどなく路上に姿を現したのは、ともに平装で、ろくな手荷物も持たぬ二人の男だった。年の頃は、ともに四十がらみ。

旅籠に宿泊し、そろそろ七ツを過ぎるという頃おいから市中に出ようなどという男たちの魂胆は概《おおむ》ね知れている。広小路《ひろこうじ》などの盛り場をひやかしつつ、何《いず》れ吉原《よしわら》——そこまでの財力がなければどこか近場で安くあがれる岡場所へでもしけこもう、というはらだろう。

その証拠に、連れだって通りへ出た男たちの口の端には、ともに下卑《げび》た笑いが滲んでいた。言葉を交わしながら数歩歩き出したところへ——。

その男たちの前を、通りの逆方向から来て、不自然なほど足早に通り過ぎようとする男がいた。

派手な藍弁慶《あいべんけい》の裾《すそ》を粋《いき》に端折《はしょ》った、如何《いか》にも遊び人風情《ふぜい》の男だ。年の頃は三十半ばから四十がらみ。小走りにやって来て、二人連れの片方――やや肥《ふと》り肉《じし》で、気の弱そうな男の鼻先を間一髪《かんいっぱつ》、あわやというところで掠《かす》め、だが、掠めただけではなく、実際に当たってしまったと思ったのだろう。

数歩行きすぎたところでふと足を止め、

「すまねぇ、兄さん」

その場で振り返ると、軽く頭を下げて詫びた。笑うと右の頰に片靨《かたえくぼ》ができ、忽《たちま》ち愛らしい顔つきになる。

「急いでたもんで。勘弁してくんな」

詫びて、即ち走り出そうとする男を、だが、

「おい、待てよッ」

詫びられた肥り肉のほうではなく、もう一人の、瘦《や》せぎすな貉《むじな》のような容貌の男のほうが呼び止めた。

道行く人々も何事かと足を止め、振り向かずにはいられぬほどの大音声《だいおんじょう》である。

「なんでしょう」

だが、藍弁慶の男は予《あらかじ》め承知していたかのように鷹揚《おうよう》な態度で問い返した。

その落ち着き払った顔つきと態度が気にくわなかったのだろう。瘦せ貉は忽ち両目

を吊り上げ、

「ふざけんな、この野郎ッ」

真っ赤な口腔を惜しげもなく見せて、怒号を発する。

「てめえ、掏摸《すり》だろう」

「掏摸？　あっしがですか？」

「とぼけんじゃねえよ。こちとら、すっかりお見通しなんだよ」

「一体なにをおっしゃいますやら、さっぱり……」

藍弁慶の男は、気圧《けお》された風情で少しずつその場から後退《あとじさ》る。

「わざと留《とめ》さんの体に当たるふりをして俺たちの目を眩《くら》ましといて、すかさず俺の懐に手を伸ばしやがったろう。……そんなやり方、本職の掏摸じゃなきゃできねえ手口だぜ」

「おい、吉次《きちじ》、それは本当か？」

留さんと呼ばれた小肥りの男は驚いて貉に問いかける。

「ああ、留さん、こいつぁ、間違いなく巾着《きんちゃっ》切りだぜ」

得たりとばかりに吉次は肯《うなず》いた。

「だったら、兄さんの巾着はいまどこにあるんです？」

だが、藍弁慶の男は、怖れ気もなく片髷のままの顔で問い返す。痩せ貉が、一層怒りを募らせるとは想像できないのか。

「てめえの懐《ふところ》にあるに決まってんだろうがぁッ」

当然痩せ貉の吉次は、磨き抜かれた白磁のような額に青筋をたてて喚《わめ》き散らした。あたり憚《はばか》らぬ大声に、道行く人々もそろそろ足を止めはじめている。

「と言われましても、あっしの懐にはありませんぜ」

藍弁慶は、困惑顔に言い返しつつ、己の懐をぐぃッと寛《ひろ》くくつろげて見せた。

「あれ？」

すると、そのとき不意に、肥り肉の留さんのほうが頓狂《とんきょう》な声をあげた。

「なんだ、こりゃあ？」

掏摸、と聞いて、無意識に己の懐をさぐってみたのだろう。さぐった次の瞬間、身に覚えのない異物が己の懐に存在することに驚き、思わず声をあげたのだ。

「どうした、留さん？」

「…………」

留さんは、どうにも腑《ふ》に落ちない顔つきで己の懐をさぐり、縞《しま》模様の財布を取り出した。

「これ、おいらの財布じゃないよ」

「俺の財布だよ」

ここぞとばかりに、吉次は喚いた。

「なんで、吉っつぁんの財布がおいらの懐にあるんだ？」

「知るかよ」

年上の留さんに対しても、ついぞんざいな口調になる。

「なんだかよくわかりませんが、兄さんの巾着は、お連れさんの懐にあったんでしょう。これで、あっしの疑いは晴れやしたね」

言いつつ、口辺に淡く笑いを滲ませて、藍弁慶の男はその場を立ち去ろうとした。

「待て、こらぁッ」

だが、吉次はいよいよいきり立ち、

「てめえ、なにやら生意気な小細工しやがったな。てめえが使ったのは、間違いなく、掏摸の手業《てわざ》だ。俺の目は節穴じゃねえんだぜ」

痩せて尖った肩を怒らせて藍弁慶の男に詰め寄ってゆく。

すると、藍弁慶はそれまで口の端に浮かべていた薄笑いを消し、

「それがわかるってこたぁ、どうやらあんたも堅気じゃなさそうだな」

真顔で低く声をおとして言った。髷がでているときには可愛く見えた男の顔が、忽ち腹黒い悪人の顔に変わる。その変貌ぶりに、吉次はゾッとした。無意識に体が震え、震えたことで、忽ちまともな判断力を失う。

「こ、この野郎……」

「いや、こいつぁ、俺が悪いや。同業者の懐とも知らずに狙うとはお粗末な話よ。勘弁してくんな」

「てめえ、なめた口きいてんじゃねえぞ」

思わず口走りつつ、吉次は藍弁慶の胸倉を摑もうとした。だが、摑まれるその間際に、

「うわぁッ」

藍弁慶は大仰《おおぎょう》な身ぶりで、自ら背後へ尻餅をついた。

この頃には、往来で足を止めた野次馬の数も五、六人から十人近く、着実に数を増やしている。彼らは足を止め、固唾《かたず》を呑んで事《こと》の成り行きを見守っていた。兎角《とかく》江戸っ子は喧嘩好きだ。

「か、勘弁してくださいよ、兄さん。あっしはなにもしてませんよ」

尻餅をつきざま、藍弁慶の男はここを先途《せんど》と大声を張りあげた。

そのため、更に多くの衆目が、彼らのほうへと集まってゆく。

「盗んでもねぇ財布を盗んだと言いがかりをつけられた上に、いきなりぶん殴られるなんざ、割に合わねぇや。何方《どなた》か、ひとっ走り番屋へ行って、定廻《じょうまわ》りの旦那を呼んできてくれませんかね」

「おう、待ってろ。すぐに呼んできてやるからな」

藍弁慶の求めに応じて、衆目の中の誰かが言い返した。言うなり、走り出す気配もする。

「お、おい、待てよ」

定廻り、と聞くなり、忽ち痩せ狢の顔色が変わった。

「そんな大袈裟な話じゃねえよ。だいたい、まだ殴ってもねえだろうが」

如何にも殴り倒された風情で路上にしゃがみ込んだ藍弁慶の男を見下ろす吉次の面上からも言葉つきからも、既に最前までの勢いが消えている。

「痛ッ、いててて……なに言ってやがんだよ。殴ったじゃねえかよ、たったいま。この野次馬のみなさんがたが、全員生き証人よ。……ね、みなさん、俺ァ、こいつに殴られましたよね？」

「ああ、殴られたよ」

彼らを取り巻く野次馬の中の誰かが応じると、忽ち、

「ああ、間違いねえ」

「俺も見てたぜ」

と数人が呼応する。

「じょ、冗談じゃねえやッ」

追いつめられた吉次は懸命に嘯《うそぶ》いた。

「仮に、俺がこいつをぶん殴ったとしても、そ、そんなの、ほんのおふざけみてぇなもんだろ。…ば、番屋とか定廻りとかぬかすなら、こいつこそ、巾着切りのカタリ野郎なんだぜ」

「言いがかりだよ。あんたの財布は、あんたの連れの懐にあったじゃねえか」

「そ、それは……」

「おいおい、言いがかりはよくねえな」

背後から、不意に低く囁かれた声音に、吉次は戦《おのの》いた。囁かれると同時に、痩せたその肩に手が置かれたのだ。がしッ、と重く、痩せた肩にのしかかるような力強さで——。

「…………」

恐る恐る視線を巡らせ、自らの背後を窺い見ると、ほんのちょっと首の角度をずらせば視界に入るほどすぐそばに、野武士のように厳《いか》めしい男の顔があった。

「うわぁッ」

吉次は仰天《ぎょうてん》した。

満面髭面で、獰猛な獣《けもの》のような顔をした男が、吉次の耳許に口を寄せるほど顔を近づけ、

「言いがかりをつけて他人様《ひとさま》に手をあげるなんざ、よくねえ了見だぜ、兄さん」

髭に被われた唇を歪《ゆが》めてニヤリと笑う。

「…………」

あまりの恐怖に、吉次は言葉を失った。

「じゃ、行くか？」

「え？」

「天下の往来で、身に覚えのねぇ人間にやれ掏摸だの巾着切りだのと言いがかりをつけた挙げ句、暴力までふるっちまったんだぜ。ただですむわけがねえだろう」

「そ、そんな……」

「いいから、来いよ」

「ど、何処《どこ》へ……」

行くんですか、と問うつもりが、途中で声が震えて問い返せなかった。

「番屋じゃねえから安心しな」

耳許に低く囁きざま、野武士は吉次の肩にかけた手にグッと力をこめる。到底抗《あらが》える力ではない。

「勿論、お連れさんも一緒だよ」

と、傍らで震え続ける留さんも、無事身柄を拘束された。留さんを捕らえたのは小柄な初老の侍だったが、既に脅えきっていた留さんは抗うことなく、唯々《いい》として従った。

二人が拘束され、その場から引き立てられて行くその去り際、

「火盗 改《かとうあらため》の御用であるッ」

凛《りん》とした声音で、周囲に宣言する者があった。

「市中にて、無用の騒ぎを起こせし凶賊どもを、火盗改が召し捕る。もし町方の者が駆けつけて来るようなら、そのように伝えておけ」

すわ、喧嘩か、と思い込んで集まってきた野次馬たちは、呆気にとられてその言葉を聞いた。

二人の町人を引き連れた、一見浪人風体の三人の武士たちは、忽ちのうちに人波をかき分け、足早に立ち去ってゆく。

しばし後。

「あ、あいつら、火盗だったのか……」

「頭《かしら》が変わっても、相変わらず、神出鬼没《しんしゅつきぼつ》だな」

「ああ、奴ら、いつ何処にひそんでやがるか、わかったもんじゃやねえ。…おっかねえ」

「ああ、おっかねぇ、おっかねぇ」

残された野次馬たちが口々に言い合う頃には、騒ぎの発端――掏摸の言いがかりをつけられた藍弁慶の男は、いつしかその場から姿を消していたのだが、誰もそれを不思議に思う者はいなかった。

第一章　江戸の鬼たち

一

剣崎鉄三郎《けんざきてつさぶろう》は、ゆっくりと目を閉じた。
目を閉じれば即ち、深く己の世界に入り込める。
（さあ、来るがいい）
思うともなく思った瞬間、目の前に複数の凶賊が現れた。
敵の一人が、声もあげずに殺到する――。
もとより鉄三郎には、充分待つだけの余裕がある。ゆっくりと腰を落とす。
「…………」
大上段に振りかざした敵が、まさに鉄三郎の頭上へ刀を振り下ろそうとする瞬間、鉄三郎の佩刀《はいとう》はそいつの体を両断した。
――ぐしゅッ、
両断した男の体が激しく血を飛沫《しぶ》かせながら倒れ込んだときには、鉄三郎の佩刀は
しっかり鞘《さや》におさまっている。
居合《いあい》だ。
居合は本来、実戦に用いるべき技ではないとされている。居合の始祖である林崎《はやしざき》
重信《しげのぶ》自らが、そう言いのこしていた。
（だが――）
それでは惜しい、と鉄三郎は考えた。
俗に、抜く手も見せず、という表現どおり、居合の達人は刀を抜くその寸前まで、
相手にそれを気取《けど》らせない。
通常の抜刀であれば、柄《つか》に手をかけ、手をかけてないほうの手の指で鯉口《こいぐち》を二、三
寸寛《くつろ》げる、という予備動作が必要となる。
だが、居合であれば、相手から見えぬよう鍔内側を親指で押して鯉口を切るので、
相手に気取られずに抜刀できる。それ故相手は、目の前の者が、まさか次の瞬間抜刀
してくるとは夢にも思わない。

思う暇《いとま》もなく、抜刀と同時に、無防備な体を両断されている。

まさに、一撃必殺の剣である。

これを実戦に活用しない手はないと、鉄三郎は考えた。

居合は、一旦抜いてしまえばあとは通常の流派と同じくなるため、あまり意味がない、というのが定説であった。それ故、長らく実戦向きではない、とされてきた。必殺の初太刀を躱《かわ》されてしまっては、元も子もないからだ。そして、一旦抜いてしまえば、最早《もはや》一撃必殺の技は使えなくなる。

(そんなことはない)

折角《せっかく》学んだ居合の技を実戦で生かせる方法を、鉄三郎は懸命に腐心した。そして、遂に思い至った。

(動けばよいのだ)

素速く動きつつ、瞬時に体勢を立て直す。立て直しざま、その場でゆるりと腰を落とす。最早柄に手をかける必要もない。ほんの一瞬、呼吸を整えるだけでよい。

「あがぁッ」

そいつの悲鳴があがったときには、鉄三郎の刀は既に鞘の中にある。

その状態を、恒常的に保つことができれば、居合の技を実戦に用いることは充分可能だ。

　複数の敵と乱闘になった場合、右から左から、或いは背後からも、敵は来る。

　それらすべてを、刀を鞘におさめたまま禦《ふせ》ぐことは困難だ。

　それ故、右へ左へと素速く身を処し、相手の攻撃は徹底的に躱す。躱すことは、即ち逃げることだ。やがて敵は、逃げてばかりいる相手を侮《あなど》りはじめる。それが狙いだ。侮った相手に対しては、隙だらけの大雑把《おおざっぱ》な攻撃を仕掛けることだろう。

　鉄三郎の目的は、そこにある。相手を侮り、或いはこいつを殺せば逃げおおせるのではないか、と錯覚した賊ほど、容易《たやす》い敵はいない。その動きが、鉄三郎には手にとるようにわかる。

　容易い敵に対して、

「どぉわーッ」

　鉄三郎は再度刀を一閃した。

　ずぅッ……

　いやな感触とともに、敵は瞬時に絶命する。何度か、その感触を繰り返す。繰り返し頭に思い描いて、体に叩き込むのだ。

　激しい動きが続けば、当然体力が保《も》たなくなる。なにしろ敵の数は無数である。

（まだまだ……）

だが鉄三郎の息は僅かも切れない。試したことはないが、或いは一晩じゅうでも戦い続けられる自信があった。

（戦国の侍をみよ）

と鉄三郎は思う。

もしこれが戦国の世であれば、合戦が長時間に及んだ場合、最後の一人となるまで戦い続けねばならない。況《ま》してや、重い鎧《よろい》を身に纏《まと》うて、だ。戦国武者たちにできたことが、いまの世の侍にできぬとは、鉄三郎は思わない。いや、思いたくない。

それ故我が身を、戦国武者の如くに鍛え続けている。

その最後の仕上げが、己の頭の中でおこなう模擬訓練であった。

己の想像の中で、己の肉体を存分に駆使し、敵を殲滅《せんめつ》する。敵が何人いて、どう攻撃してくるか、を仮定する。それにどう対処するかを思考し、己がどう動くべきかを想像する。

つと——。

かん高い子供の泣き声が耳に響いた。もとより、鉄三郎の想念の中で生まれた幻の

子供の声だ。次いで、

「やい、火盗、ガキの命が惜しけりゃ、とっとと刀を捨てやがれッ」

野卑《やひ》な男の怒声。

見れば、まだ三つ四つの幼児の体を高々と抱え上げた賊の頭《かしら》が、その幼児の喉元《のどもと》に刃物を突き付けている。

「………」

鉄三郎はピタリと動きを止め、そいつに対峙《たいじ》する。

（おのれ……）

毎回訪れる、疑似訓練の最後の課題だ。

こうなったときの対処法こそが、鉄三郎の最も求めるものに相違なかった。

「童《わらべ》を離せ」

鉄三郎は刀を下ろすとともに、至極冷静に言葉をかける。

「だったら、てめえが刀を捨てやがれッ」

「わかった。わかった故、せめて刃物を、童の身から遠ざけてやってくれ」

注意深く応えつつ、鉄三郎は少しずつ身を屈《かが》める。別に身を屈めずとも、佩刀を放り投げることはできる。それ故これは、あえての擬態だ。卑屈に身を屈めた者を、人は無意識に侮る。侮らせることが目的だ。

「刀を、置くぞ」

言葉とともに、鉄三郎が二尺五寸の佩刀を足下に置くと、

「こっちへ寄越せ」

すかさず賊が言葉をかける。

「…………」

鉄三郎は無言で、己が佩刀を、その賊の足下へ向けて投げた。

その瞬間、賊は明らかに勝ち誇った顔になる。

「童を離してやれ」

鉄三郎は火のような眼で賊を睨むが、相手は一向意に介さない。

「へっ、刀さえ取り上げちまえば、こっちのもんだぜ」

「なんだと！」

「おっと、動くんじゃねえぜ。そこから一歩でも動いたら、ガキの命はねえからな」

子供のか細い首にガシッと腕をまわしたままで賊は嘯《うそぶ》く。そうしておいて、注意深く身を処し、鉄三郎の佩刀に手をかけたかかけぬかというところで——。

しゃーッ、

僅かに空を裂く音をさせながら素速く放たれた鉄三郎の脇差しの小柄《こづか》が、賊の眉間に的中し、

「あっ…がぁー」

致命傷を与えた同じ瞬間、鉄三郎は高く跳び、跳びざま脇差しを抜き、仰《あお》のけに倒れようとする賊の胸を鋭く刺し貫いた。

ずッ……

的確に急所を刺し貫いたとき、四肢の力を失った賊の腕から、子供の体がすり抜ける。それを、地面に転がる寸前のところで、鉄三郎はすかさず抱き上げた。

「…………」

激しく泣きじゃくっていた幼児が、一瞬泣きやんで鉄三郎の顔を見上げるのと、

「お頭《かしら》ッ」

大声で鉄三郎を呼ぶ男の野太い声が彼を現実に引き戻すのとが、ほぼ同じ瞬間のことだった。

「お頭、お頭ッ」

あたり憚《はばか》らぬ馬鹿でかい呼び声で我に返った鉄三郎は、目を開けて障子に映る人影

を見た。

「お頭？　いねえんですか？」

「うるさいぞ、篤。何の騒ぎだ」

鉄三郎は、当然障子の外の人物に対して不機嫌に叱責する。

「報告です、お頭」

「報告だと？」

鉄三郎は静かに立ち上がり、やおら障子を開けた。

「お頭」

障子の外、濡れ縁の上に大柄な体を縮こめていたのは、配下の同心・筧篤次郎《かけいとくじろう》にほかならない。なにしろ、身の丈七尺近い巨漢である。狭い濡れ縁に正座するのはとても困難なことであった。

「なんの報告だ？」

それ故、渋い顔つきで問い返しつつも、内心では既《すで》に許している。

「喜んでください、お頭、雲竜党《うんりゅうとう》一味の下っ端を二人、捕らえましたぜ」

「なに？」

雲竜党と聞き、鉄三郎の顔色は瞬時に変わる。

「それはまことか？」

「ええ、間違いありません。…善さんとゆきの字と三人で、半年がかりで捜し出したんですから」

「一体、どうやって？」

「それは、まあ……信頼できる筋からの情報もありまして……」

筧篤次郎は曖昧に言葉を濁す。

困惑半分、得意半分のその微妙な表情を見るうち、

（密告だな）

と鉄三郎は覚った。

日頃彼らが手足のように使っている目明かしや下っ引の他にも、公《おおやけ》にはできない多数の密偵を、火盗改の与力や同心は抱えていた。そうした密偵の多くは、盗賊やそれに近い生業《なりわい》をしていた者たちで、罪を赦《ゆる》される代わりに火盗改のために働き、情報を提供する。ときには昔の仲間を売ることもある。

だが、鉄三郎が、日頃からそうした密偵たちによる密告をあまり好まぬことを知っている筧は、不興を買うことを恐れて言い淀んだのだろう。

（まあ、いい）

鉄三郎は己に言い聞かせる。

密偵たちの働きがなくては、老獪《ろうかい》な賊どもの捕縛が困難であることは彼とて重々承知している。それ故、密偵のことには触れず、

「お前たち、半年ものあいだ、よくも俺に黙って勝手な真似をしておったな」

そのことだけを非難した。

「いえ、それがしは反対したんですよ」

忽《たち》ち《ま》筧は、口を尖らせて言い返す。

「お頭に内緒にするなんて、よくねえ了見だって、それがしは思ってましたからね。それを、善さんとゆきの字の野郎が、内緒にするのはお頭のためなんだと言い張りやがって……お頭の耳に入れてしまったら、三助《さんすけ》の情報が偽りだったとき、お頭にまで責任が及ぶ、それ故お頭には一切《いっさい》知らせちゃならねぇんだと……」

(さもあろう)

鉄三郎は納得した。

と同時に、

(なるほど、三助のもたらした情報であったか)

期せずしてその情報源まで易々《やすやす》と口にしてしまう筧の他愛なさに苦笑する。

が、表情は僅かも変えず、

「言い訳はたくさんだ」

殊更《ことさら》厳しく言い放った。

「お頭……」

「貴様、いつからそんな醜《みにく》い言い訳をする男に成り下がったのだ、篤」

「………」

頭ごなしに叱責されて、篤は言葉を失った。鉄三郎を見返すつぶらな瞳が、見る見る潤いをおびはじめる。

見た目こそ猛獣のようにそら恐ろしげであるが、その実情は、飼い馴らされた小犬の如く直《す》ぐな男なのである。

「そ、それがしは…言い訳するつもりなど、毛頭ございません」

懸命に弁疏《べんそ》する篤の語調に、鉄三郎の心は少しく痛んだ。

篤に二心がないことくらい、はじめから承知している鉄三郎である。

敢えて厳しい言葉を口にしたのは、今後のことを考えてのことだったが、思慮の浅い篤にそれを理解しろというのが、そもそも無理な相談だった。

（困った奴だ）

閉口しつつも、それ以上頭ごなしに叱るのは躊躇《ためら》われる。

それ故、再度叱言《こごと》の方向を変えた。

「それに、さっきから黙って聞いていればいい気になりおって、お頭お頭と……火盗改の、我らのお頭はあくまで森山《もりやま》様だ。俺のことを、お頭などと呼んではならぬ、といつも言っているだろう」

「お頭はお頭です」

だが、これには筧も憮然とし、忽《たちま》ち不機嫌な顔つきになる。

「俺たち《剣組《つるぎぐみ》》のお頭は、剣崎鉄三郎をおいて、他にいやしません。違いますか、お頭？」

「…………」

鉄三郎はしばし言葉を呑み込んでから、

「その、《剣組》という括《くく》りこそが、そもそも間違っているのだぞ。…我らは、あくまで御先手組《おさきてぐみ》、火付盗賊改《ひつけとうぞくあらため》方の一員だ」

淡々とした口調で述べた。

「それはそうですが……」

筧もまた、喉元まで出かかる言葉を懸命に呑み込んだことだろう。その苦渋と不満を充分に察しているから、鉄三郎は敢えてそれ以上の叱言は述べなかった。

「それで、捕らえた奴らは、なにか吐いたのか？」

「いえ、それはまだ……」

「そうか」

「これから本格的に責めてやりますよ。先《ま》ずはお頭にご報告を、と思いまして」

「うん」

「とにかく、奴らを責めて責めて、責め抜いてやりますよ」

鉄三郎が小さく肯《うなず》いたのを、了解の意味に受け取ったのだろう。筧は忽ち満面に喜色を浮かべ、胸を叩いて請け負った。

「わかった。……だが、あまり、やりすぎるなよ」

慌てて念を押したが、筧の胸に響いたかどうかは、わからない。

「わかってますって。……殺さねぇ程度に、うまくやりますから、お頭はなんにも心配しないでください」

鉄三郎の言葉を、文字どおりの《たてまえ》と受け取った筧篤次郎は更に満面の笑顔で答え、踵《きびす》を返して立ち去った。

(困ったやつだ)

声にはださず、ただ深い嘆息だけで、鉄三郎は、嬉々として去りゆく筧の背中を見送った。

筧篤次郎。齢《よわい》三十六。三百石の御家人・筧家の三男坊だが、二人の兄が相次いで死に、家督を継《つ》ぐまでは、小遣い稼ぎのために地回りの用心棒になり、破落戸《ごろつき》同然の暮らしをしていた。家督を継ぎ、先手組の組同心となってからも、おいそれとその気性や素行が収まるわけではない。

外見どおり、一度《ひとたび》感情が激すると手の付けられない、獰猛な野獣のような男であった。だが、鉄三郎に対してだけは飼い犬の如く従順だ。

(それにしても、奴ら、どういう名目でその下っ端どもを捕縛したのか)

と思いながら、鉄三郎は部屋隅の衣桁《いこう》から黒羽織をとって手早く羽織った。

雲竜党、と聞いて、じっとしているわけにはいかなかった。

二

寛政《かんせい》七年五月。

先の火盗改の長官、長谷川宣以《はせがわのぶため》が亡くなった。

その葬儀は、季節柄、五月雨《さみだれ》の降りしきる中でとりおこなわれ、彼に追われる立場の悪党どもにとってはときならぬ恵みの雨となった。

逆に、賊どもに蹂躙《じゅうりん》される側の庶民たちにしてみれば、涙雨にほかならない。

長谷川宣以は、彼を天敵《てんてき》とする凶賊どもからは《鬼《おに》の平蔵《へいぞう》》と怖れられたが、江戸の庶民からは《本所《ほんじょ》の平さん》とか《今大岡《いまおおおか》》と呼ばれて慕われた人気者であった。

彼の発案で向島《むこうじま》に設置された加役方人足寄場《かやくかたにんそくよせば》は、一度《ひとたび》罪を犯して科人《とがにん》となった者でも、心を入れ替えて懸命に働けば再び真っ当な暮らしが営めるかもしれぬ、という希望を、多くの悪人にいだかせ、彼らを多いに改心させた。

そのことで、長谷川宣以を神とも仏とも拝む者がいたのは事実だろう。

(だが長谷川は、人足寄場の資金を調達するために、あろうことか相場に手を出し、博奕《ばくち》まがいの不当な手段で金を作った、という。もしそれがまことだとすれば、とんでもない不正である)

火盗改方の過去の日誌に目をとおしながら、そのことを、些《いささ》か苦々《にがにが》しくも森山孝盛《たかもり》は思った。

森山が、よくも悪くも世間にその名を知られた長谷川宣以の後任者となってから、数ヶ月が経つ。

此度《こたび》の加役は、どのようなお人だろう、という好奇の目で迎えられる時期はとうに過ぎた。近頃では、部下である組与力・組同心たちが自分を見る視線の中に、些《いささ》かの軽侮や嫌悪の念を感じつつある。

——長谷川様に比べると、どうも地味だな。

——長谷川様の頃に比べて、近頃は目立った手柄もあげておらぬ。

与力・同心たちの目が、挙《こぞ》って森山を論《あげつら》っているようにしか思えない。

長谷川宣以時代の火盗改の華々しい活躍ぶりを思えば無理もないのだが、だからといって、何故自分が、前任者と同じものを求められねばならないのか。

(そもそも、加役など、はじめから承《うけたまわ》りたくはなかったのだ)

自慢ではないが、幼少の頃よりこの歳になるまで、道場に足を踏み入れたのはほんの数えるほど。当然、武芸の心得は殆《ほとん》どない。

長谷川宣以は、盗賊捕縛の際、自ら陣頭に立って指揮をとり、凶悪犯を目の前にしても阿修羅《あしゅら》の働きを見せたそうだが、森山にはそれを倣《なら》うつもりはさらさらなかった。倣おうと思っても、所詮できるわけもないし。

(武士の勤めは、なにも、自ら剣をふるうことだけではないぞ)

加役を承る前年、森山孝盛は先手組の鉄砲頭《てっぽうがしら》に任じられている。

森山にとっては、そもそもこの先手頭《さきてがしら》という職自体が、負担であった。急逝した兄の養子となって家督を継《つ》ぎ、兄が勤めた大番《おおばん》、小普請支配《こぶしんしはい》組頭、徒頭《かちがしら》、目付《めつけ》などを歴任した上でのことなので、当然辿るべき道ではあったのだが、そもそも森山が志していたのは武門ではなく、学問の道だった。

「上様をお守りすべき旗本の当主が、学者にでもなるつもりか」

と陰口をたたかれたほど、若い頃から常に、学問に没頭してきた。

(たとえ旗本と雖《いえど》も、上様をお守りするのに、刀を以《もつ》てしかできぬということはあるまい)

そんな陰口を耳にしても、森山は一向平気であった。

(儂《わし》の理想は、たとえば白石《はくせき》公のように、高い学識を以て上様にお仕えすることだ)

六代将軍・家宣《いえのぶ》に仕えて「正徳《しょうとく》の治《ち》」をおこなった新井《あらい》白石こそが、森山にとって見倣うべき武士の姿であった。

というのも、森山家の次男に生まれた孝盛に、母は熱心に勉学を勧めた。学問の道に進めば、家督の継げぬ次男であってもなんとか身が立つであろうとの配慮からだったが、元々才もあったのだろう。瞬《また》く間に四書五経《ししょごきょう》を読み解いた。できればもっと高名な師について、学問の道を究《きわ》めたかった。

が、後継ぎを遺さぬまま兄の盛明《もりあき》が急死したため末期《まつご》養子の形で家督を継ぎ、本意ではないお役目ばかりを歴任している。

先手頭という、謂わば侍大将のようなお役目だけでも充分荷が重いのに、そこへ火盗改などという余分な役目まで担わされたことを、森山は心の底から疎《うと》ましく思っていた。

(だいたい、おかしいではないか。前任の長谷川は、弓《ゆみ》組の頭だった。ならば加役を仰せ付かるのは、同じ弓頭であるべきだ。儂は鉄砲頭だぞ)

詮無《せんな》い愚痴《ぐち》の一つもこぼしたくなったとき、奇《く》しくも外から、

「やぁ〜ッ」

「とうッ」

バシ、

バシ、

バシ、

と、激しく木刀を打ち合う音と、野太い気合いの声が聞こえてくる。

(はじまったか……)

森山は思わず瞑目し、深く嘆息した。

火盗改は、与力・同心を従えて悪人を捕縛する役目でありながら、あくまで先手頭の加役とされるため、町奉行のように役宅は与えられず、頭の自邸が即ち、役宅となる。

当然、加役を仰せつかったこの年の四月から、森山の屋敷が火盗改方の役宅となった。邸内には、捕らえた賊を監禁するための仮牢が設けられ、それらの賊を取り調べる（拷問する）ための部屋が設けられ、森山が賊を直接接見するための仮の白洲《しらす》も設けられている。

通常の武家屋敷には存在しない設備なので、加役を仰せつかってから、急遽《きゅうきょ》作らせた。それは、いい。加役を承る際、いくばくかの支度金も出たので、それで普請の予算は賄《まかな》えた。

問題は、火盗改方の組与力・組同心から、同心たちに使われている得体の知れない小者（目明かし・手先）たちまでが、自由に邸内へ出入りするようになったことである。

しかも許し難いことに、彼らは、森山の屋敷に出入りしながらも、屋敷の主人であり、上役でもある森山に敬意を払うでもなく、ただただ傍若無人《ぼうじゃくぶじん》にふるまっていた。

本来温厚な森山の我慢もそろそろその極に達しようとしている。

「火盗改は、命懸けのお勤めであります故、日々の鍛錬がなによりも肝要。お役宅内に、同心たちのための道場を設けてはいただけませぬか？」

与力の剣崎鉄三郎から懇願された際、ここは新任者の器量が問われるところだ、と気負い込み、つい、

「さもあろう。しかし、あまり急拵《ごしら》えのものではものの役に立つまいし、歴とした道場ができるまでには些かのときが要る。それまで、庭先でよければ自由に使うがよい」

と応えてしまった。

それが悪夢のはじまりだった。

それ以来、一見、極悪人と見紛うようなガラの悪い男たちが、我が物顔で自邸に出入りするようになったのだ。後日聞いたところによると、邸内に道場を設け、急な捕り物に備えて同心たちを寝泊まりさせたのは長谷川宣以がはじめたことで、それ以前には、先例のないことだという。

（おのれ、剣崎、謀《たばか》りおって……）

と憤ったところであとの祭りだ。

気がつけば、不精髭《ぶしょうひげ》に懐手《ふところで》、といった放埒《ほうらつ》な連中が、盛り場でもうろつくよう

に自由に、我が屋敷内を闊歩している。

（これではまるで、狼《おおかみ》の群れではないか）

森山が思ったのも無理はなかった。

妻の綾乃《あやの》も、屢々《しばしば》「怖い」と訴えてくる。それ故、妻子には決して、住まいのほうから役宅側へ行かぬよう、厳しく言いつけてあった。同心たちの出入りする御用部屋は、渡り廊下を渡りきった先にあるので、努々《ゆめゆめ》その先へ足を踏み入れてはならぬ、と。

しかし、森山が許したことなので仕方ないとはいえ、連日、庭先では、虎狼のような男たちが、「せいやッ」「どぅッ」と、激しく剣術の稽古を繰りひろげている。胴震いしそうなその声は、易々と渡り廊下を渡り、森山家の奥台所まで届いていた。

（あれが、人の発する声音か？）

その声を聞くだけで、森山は毎日、気が重い。

加役を仰せ付かれば、自邸が即ち役宅となることくらいは予《あらかじ》め承知していたが、名にし負う火盗改の同心たちがここまで荒くれ者揃いとは、夢にも思わなかった。

本来、与力も同心も、幕府から扶持《ふち》をいただく旗本・御家人の筈《はず》だ。それが、破落戸《ごろつき》そのものか、或いは破落戸に傭われた浪人者のようにしか見えない。

（こんな連中に棲みつかれても全く苦でなかったというなら、《本所の今大岡》は、

矢張りただものではなかったのかもしれぬ)

森山は心中深く嘆息しつつ、役を退いて僅か一ヶ月後に他界した前任者のことを思った。

野卑で粗暴な気合いの声を耳にすると、最早《もはや》書面の文字も殆《ほとん》ど頭には入ってこない。

(まあ、よいわ。せいぜい、二年も勤めればお役ご免であろう。……長谷川は八年も勤めたが、儂には到底長谷川の真似はできぬ)

次第に諦めの境地に達しゆく森山の居室の外に、ふと訪れる者がある。

明らかに、妻や子たちの足音ではなかった。

「誰だ?」

ピタリとやんだ足音の主《ぬし》に対して、森山は問う。

「剣崎です」

「剣崎か」

鸚鵡《おうむ》返しに応じてから、

「入れ」

内心の動揺を気取られぬよう、短く命じた。

「失礼仕《つかまつ》ります——」

言葉とともにそっと障子を開け、黒紋付きの羽織を身につけた剣崎鉄三郎が膝立ちの姿勢からスルリと躙《にじ》り入るその一挙手一投足を、森山は無言で見つめていた。

三

部屋に入るなり、その場で平伏の姿勢をとる剣崎鉄三郎の背中へ、やや気圧《けお》されながら森山は視線を注いでいる。

平伏したきり、すぐには言葉を発さぬ男の頑強な背からは、明らかに森山に対する反骨の意志が見受けられた。

「どうした、剣崎？　早く用件を申せ」

仕方なく、森山は言葉をかける。だがその一方で、森山には、剣崎が話そうとしている用件について、大方察しがついている。

「儂もそれほど暇ではないぞ」

苛立《いらだ》った口調にならぬよう気を遣いながら、森山は剣崎を促す。

「…………」

言葉に応じてやおら顔をあげた剣崎は、澄んだ湖水のような瞳で、真っ直ぐ森山を見つめ返した。

その刹那《せつな》、

（ウッ……）

森山は、喉元に鋭い突きの一撃を食らったような心地を味わう。

目の力が、強い。強すぎる。

鋭く隙のない猟鷹《りようよう》の眼《め》だ。視線を合わせただけで、命の危険すら感じる。

次いで、意志の強そうなその口許《くちもと》が、頑《がん》として貴方様の言うなりにはなりませぬぞ、と主張してくる。いや、主張しているように見える。

森山にとっては、対しているだけで苦痛な相手であった。

「先日、三崎町の辻にて、配下の者が凶賊二名を捕縛いたしました」

「ああ、そのことか」

眉間《みけん》を険しくして応じつつ、森山は内心安堵する。睨んだとおりの用件だ。

三崎町での一件であれば、既に他の与力から伝え聞いていた。

蕎麦屋の店先にて狼藉をはたらいていた不逞《ふてい》の者たちを、たまたまその蕎麦屋に居合わせた火盗改の同心たちが取り押さえた。騒ぎを聞きつけ、警邏中の定廻りの同心が駆けつけたときには既に、火盗改の同心たちが捕縛した者どもを連行したあとだった、と言う。不思議なことに、そもそも彼らが狼藉をはたらくその切っ掛けとなった者が居たはずなのだが、火盗改の同心たちはその男には目もくれず、二人の男のみを取り押さえた、と言う。二人が捕縛されたときには、その者の姿は忽然と消えていたらしい。

そのことを伝え聞いたときから、もとより森山は漠然とした不安を覚えていた。

例によって、町方の職域を火盗改が荒らしたことも然《さ》りながら、問題は、火盗改の同心が何故偶然にもそこに居合わせ、その二人を捕縛し、連行したか、ということだ。

(なにかある)

素人同然の森山にも、それは容易に想像できた。

「そのことでございますが」

森山の心中を知ってか知らずか、眉一つ動かさず、剣崎は口を開く。

「その折捕らえし二名が、その後の調べにて、実は《雲竜党》の一味であることが判明いたしました」

「なに？」

森山は思わず身を乗り出して問い返す。

「そ、それはまことか？」

「はい」

森山が忽《たちま》ち顔色を変えて狼狽《うろた》えたというのに、剣崎は依然として無表情のままである。その傲岸不遜《ごうがんふそん》な無表情に、森山はそのとき淡い憎悪すらおぼえた。

「どういうことだ？」

「………………」

「まさか、たまたま市中にて捕らえた者たちが、《雲竜党》の一味であった筈はなかろう。お前たちは、はじめからそれを承知の上で、その者たちを――」

「お頭」

森山の言葉を一切黙殺し、剣崎はズッと一歩、膝立ちで彼に詰め寄る。

「な…なんだ」

森山は懸命に己を奮い立たせて言い返した。

(いまここで、儂を殺したとて、お前になにもよいことはないぞ)

と脅える本心をひた隠しながら。だが、

「《雲竜党》の捕縛は、火盗改方にとって、年来の悲願でございます」

本心をひた隠した森山が懸命に己を取り繕《つくろ》った次の瞬間、剣崎鉄三郎はあくまで淡々と述べた。そのことが、森山を一層動揺させた。

上役を一切怖れぬ、鋼《はがね》のように無表情な男。

組与力は、剣崎の他に五名ほどいるが、皆剣崎よりも年上だ。

が、その誰もが剣崎よりは遥かに扱いやすい。少なくとも、頭である森山に対して、ここまで高圧的な態度はとらない。

「だ、だからといって、白昼堂々と職域を荒らされたのでは、町奉行の顔が立たぬではないか」

「………」

剣崎は応えない。

応えず、深く頭を垂れていた。

その頑《かたく》なな姿勢を見るうち、森山の心中にも名状しがたい怒りが湧いた。

(そもそも、儂が上役だぞッ)

「どうなのだ、剣崎ッ」

何を言われても顔色を変えず、言い訳すらしないその剛腹な態度に思わずカッとなり、声を荒げた。

「はじめから、《雲竜党》一味の者だと承知の上で、その者たちを捕縛したのであろう？」

「…………」

「ならば何故、予《あらかじ》め、そういうことを儂に伝えぬのだ？　なにも聞かされておらぬのでは、町方から文句を言われても、なにも抗弁できぬではないか」

「…………」

「それほど儂が信用できぬのか、剣崎？」

最早懇願するほどの口調で森山は問うた。

だが、それでも剣崎は応えてくれなかった。

(私だって、聞かされていなかったのですよ)

と、喉元に出かかる言葉を飲み込み剣崎はひたすら平静を保った。

しかる後、

「その折の報告書でございます。取調《とりしらべ》の内容も記してあります故、お目通しいただきたく存じます」

全く動じることなく、剣崎は己の言いたいことを言い、やおら書面を森山に差し出す。

(こやつ……)

最早内心の忌々《いまいま》しさを隠そうともせず、森山はその書面を受け取った。

チラリと一瞥《いちべつ》するが、詳しく目を通すまでもなく、傍《かたわ》らの文机《ふづくえ》の上に置く。

どうせ、記されているのは通り一遍の報告で、彼らの真実の目論見《もくろみ》など微塵も記されてはいないのだ。

（どういう経緯《いきさつ》があったかは知らぬが、剣崎とその配下の同心たちは、《雲竜党》の一味が江戸に潜入していることを突き止め、そして、偶然を装って捕らえた。捕らえて、一味の潜伏先を聞き出すためだ）

剣崎の差し出す報告書を一瞥する前から、森山はそう確信していた。

この二ヶ月間、ただ座して彼らの為すことを眺めていたわけではない。これまでの火盗改の記録にも目を通したし、彼らが屡々用いる奸計《かんけい》や詐術《さじゅつ》の如き手段も理解した。

火盗改方が相手にしているのは、人の世の道理や理屈の通用する者たちではない。ただ己の醜き欲のために他者の財を奪い、命を奪ってもよいと考えている、畜生《ちくしょう》以下の連中である。

これが野生の獣なら、通常意味のない殺戮はおこなわないが、人の皮を着た畜生どもは、己の欲にかられて、平然と意味のない殺戮を繰り返す。野放しにはできない。

それが理解できたから、剣崎たちが森山の下知《げぢ》も仰がず勝手に行動することについても、かなり大目に見てきた。

実際、火盗改の中でも、《剣組》とあだ名される剣崎とその配下の同心たちが、ひときわ目覚ましい手柄をたてているのは事実だ。

「それで、そやつらの調べはすすんでいるのか？」

山ほどもある言いたい言葉の大半を懸命に呑み込んでから、結局森山は遠慮がちに問いかけた。

「それが……」

入って来るなり終始変わらぬ無表情でいた剣崎鉄三郎の若々しい額に、はじめて苦《く》渋《じゅう》の色が滲んだ。それで少しく森山も溜飲《りゅういん》を下げるが、それと同時に、

（やはり、こやつは若い）

ということを今更ながらに確信する。

森山より十歳以上も年下なのだから若いのは当然なのだが、それでも宝暦《ほうれき》元年の生まれというから、既に四十半ばの筈だ。

だが、とても、そうは見えない。せいぜい、三十そこそこ、といった風情《ふぜい》である。

その若々しさが、五十八歳という年齢相応にしか見えぬ森山には、羨《うらや》ましくて仕方ない。こうして対していると、自分が、剣崎より倍も年上のように思えてくる。

それが、剣崎を苦手と感じる理由の一つだということには、もとより森山は気づい

ていない。

(日々肉体の鍛錬を怠らぬ者は、いつまでも年若くいられるものだ。……そういえば、以前躑躅《つつじ》の間《ま》で顔を合わせた長谷川も、二十代の若僧のような顔つきをしていたな)

そこまで思ったとき、森山は自らの気持ちを宥《なだ》め、納得させられる結論に、漸《ようや》く辿り着いた気がした。

(そうだ。お前たちは、さほど頭も使わず、本能のみで動き、ただただ肉体を鍛えている。それ故若々しく見えて当然なのだ)

一度は勝ち誇ったように思ったものの、森山はすぐまた、別のことに思いを巡らせた。

(また、ひどい拷問をくわえているのだろうな)

剣崎の若さに圧倒される以前に、それこそが、いま森山が早急に頭を悩まさねばならぬ案件であった。

「剣崎」

「はい」

森山の呼びかけに、剣崎は神妙に頭を垂れている。その様子を見る限り、森山の命《めい》には黙って従う、極めて忠実な部下のようだ。

敢えてそう演じているのかもしれないが、姑息《こそく》な駆け引きとは無縁の武骨な男が懸命にそう振る舞っているのだとしたら、それは見過ごしにしてやってもよいのではないか。

（どうせ、止めたところで止まるものでもないしな）

自らに言い聞かせるように森山は思い、思いながら、懸命に言葉を選んだ。あくまで部下の反駁《はんばく》を買わず、それでも多少の牽制にはなる言葉を——。

「あまり、やりすぎるなよ」

ゆっくりと述べた短い言葉のうちに、言外の意をこめたつもりであった。

「あまりひどい拷問をして、科人を殺してしまっては元も子もないのだぞ」という、言外の意を。

「はッ、畏《おそ》れ入りましてございまするッ」

果たして森山の意を汲んだのかどうか、剣崎は再び平伏した。

森山には、配下の者を平伏させて悦に入るような嗜好はない。そういう芝居がかった大仰な所作は、寧《むし》ろ迷惑以外のなにものでもなかった。それ故、多少の迷いの末に、

「もう、よい。早う行け、剣崎。一刻も早く、《雲竜党》一味の居所を探り出すのがそちの務めであろう」

森山はやや強く言い放った。

我ながら、理解ある上司の言葉を口にできたことに、森山は満足した。

彼の言に従い、恭《うやうや》しく一礼して部屋を退出した剣崎鉄三郎がその言葉に感激し、上司に対する尊崇《そんすう》の念を高めてくれることを一途《いちず》に願いながら——。

四

仮牢の中には、ツン、と鼻を突くほどの異臭がこもっていた。

罪人たちの流した血と汗の臭いである。当然、いやな臭いに決まっていた。

「ぎゃはぁ〜ッ」

「んぐげぇ〜ッ」

「ひぎぎゃ〜〜ッ」

ひどい絶叫が、絶えず飛び交う。

生々しい血の匂いと、苦しみのたうつ者たちの叫び……。

まさしくこの世の地獄であった。

その地獄に、鉄三郎は足を踏み入れる。

「あ、お頭」

牢内に一歩足を踏み入れたところで、すぐに、同心の寺島靭負《てらじまゆきえ》が鉄三郎に気づいた。

地獄には、その番人である鬼がつきものだ。鬼の手には、鞭《むち》のようによく撓《しな》る丈《たけ》の長い杖《じょう》が握られていて、情け容赦なく足下の罪人に向けられる。

寺島は一瞬その手を止めて、鉄三郎に一礼し、すぐまた罪人のほうへ向き直る。よく撓《た》めて、更に一撃――。

「はふぅ……」

打たれた罪人の口からは、溜め息のように弱々しい声音が漏れる。最早、絶叫する気力もないのだ。

鉄三郎も無言でその罪人を見た。

その男は、正座した膝の上に責石《せめいし》を四、五枚のせられている。満面に苦悶の表情を浮かべているが、その顔色は既に青黒い。肥《ふと》り肉《じし》の男だ。

「こやつは？」

「《鼬鼠《いたち》》の留吉《とめきち》。武蔵《むさし》の生まれで、十一の年、江戸《えど》の薬種問屋へ奉公に出され、丁稚《でっち》奉公の辛さに耐えられず、お店の金と品物を盗んで逃げ出したそうです。その後、実家に戻ることもできず、こそ泥のような真似をしてどうにか飢えを凌《しの》いでいたようですが、あるとき《雲竜党》の幹部の目にとまり、一味に引き入れられたそうです」

「で、この男の役目は？」

「主に、大店《おおだな》の主人《あるじ》などに化けて目をつけたお店へおもむき、客のふりをしてあれこれ内情を探る役目を負わされていたそうです」

「探るだけか？　肝心の押し込みには参加していないのか？」

「ええ、このとおり肥っていて体の動きも鈍いため、押し込みに同行したことはないようです。……仮に、それがしが《雲竜党》の頭だとしても、この留吉は連れて行きませんね」

寺島の言葉を聞きながら、鉄三郎はじっと留吉に視線を注ぐ。責石をのせられた上、さんざんに叩かれたのだろう。額《ひたい》には血が滲み、半ば開かれた口からは、絶えず、

「うぅ…うぅ……」

と苦痛の声が漏れている。

「己の素性については易々《やすやす》と語ったのですが、肝心の、一味の次の狙い、隠れ家については、なかなか口を割りません」

「本当に、知らぬのではないか？」

「え？」

虚をつかれた顔で、寺島は鉄三郎を顧みた。

篁と同じくらいの長身でありながら細身で柔和な外貌から、組内では《姫《ひめ》》の異名をもつ寺島にしては珍しく、狼狽えている。鉄三郎に指摘されるまで、思いもしなかったのだろう。

「…………」

「もう一人は何処にいる？」

「別室にて、篤兄……いえ、篁殿が取り調べておりますが……」

同じ組織に属する者を二人同時に捕縛した場合、別々の場所で取り調べるのは常道だ。同じ場所で取り調べれば、互いに相手の様子を見て返答を躊躇《ちゅうちょ》する。互いに牽《けん》制《せい》し合うこともあれば、万が一、赦《ゆる》されて解き放たれたときの、仲間からの報復を恐れるのだ。

それ故、各々別の場所で取り調べ、

「おい、奴は吐いたぞ」

と双方の耳に入れる。しかる後、

「最初に吐いたあいつは、その神妙なる心根を以て、罪一等を減ずるが、最後までしぶとく口を割らぬ貴様は、間違いなく磔《はりつけ》だ」

と脅す。さんざんに痛めつけられた後でもある。かなり強情な者に対しても、相応に有効な手段であった。

そのため、責め部屋は、牢を挟んでその両側に設けられている。牢を隔てているため、双方の様子は容易には窺《うかが》えない。

「もう、やめておけ」

鉄三郎は寺島に近づくと、その耳許《みみもと》へ低く囁いた。

「これ以上責めると、留吉は死ぬぞ」

「え？」

「肥った者は、日頃からあまり血のめぐりがよくない故、体の一部に負荷をかけると忽ち血のめぐりが止まり、最悪の場合死に至る、と養生所の立花《たちばな》先生が仰有《おっしゃ》っていた」

「そ、それはまことですか、お頭？」

寺島は忽ち顔色を変える。

「嘘かまことかは、立花先生に聞け。俺は聞きかじっただけだ」

億劫《おっくう》そうに応えてから、改めて留吉の様子を見据え、

「先生の話はともかく、留吉がそろそろ限界なのは間違いないぞ」

寺島の耳許に更に囁く。

「え？」

手にした杖で、なお留吉を責めようとしていた寺島はその手を止めた。

「一旦牢に戻して、あとは善さんに任せたほうがいい」

「わかりました」

寺島は素直に肯《うなず》いた。

肯きながらも、形の好い唇の端に無念の色がありありと滲んでいるのを鉄三郎は見逃さない。己が受け持った者を責め落とせなかったことが余程口惜しいのだろう。

（なまじ優しげな風貌をしているから、余計タチが悪い。《姫》の本性は、阿修羅《あしゅら》だ）

内心あきれつつも、さあらぬていで鉄三郎は寺島の側《そば》を離れた。

「もう一人は、篤が責めているのか？」

離れつつ、言わずもがなの問いを発した。

「はい」

「それは不味《まず》い。奴のことだ。既に責め殺してしまったかもしれぬ」

言い捨てて、鉄三郎は、足早に部屋を出た。牢を挟んだ、もう一つの責め部屋に行くためにほかならなかった。

もう一人の捕縛者に対する責めは、鉄三郎の予想どおり——いや、予想以上に酸鼻《さんび》を極めた。

咎人《とがにん》は、高手小手《たかてこて》に縛り上げられ、高々と天井の梁《はり》から吊られて、厳しい水責めの真っ最中であった。

拷問人が水責めをおこなうのは、既に拷問の第二段階に入っているということだ。第一段階の激しい責めで血に汚れた体を水で洗い流そう、との魂胆にほかならない。

「この野郎、いい加減に吐かねえと、陸《おか》の上で溺れ死ぬことになるぜ」

筧篤次郎の怒声は、中に入るまでもなく、既に部屋外までも聞こえていたが、一歩中に入るなり、鉄三郎は絶句した。

満身創痍《まんしんそうい》の咎人《とがにん》が青息吐息なのは想定内としても、責める側の筧のほうも、相当に消耗し、息を荒げている。

「あ、お頭」

鉄三郎の姿を認めて一礼するものの、その目はどこか虚ろであった。

(さては昨日から寝ずに責めているのか)

だが、それを指摘すれば、ムキになって否定することはわかりきっていたから、

「なにかわかったか？」

ただそれだけを問うた。

「こいつは、《尖《とが》り》の吉次という二つ名の、ケチな巾着切《きんちゃくき》りです。《雲竜党》一味の中では、狙った大店の主人の懐から、大事な証文やら土蔵の鍵なんかを掏《す》る役目を担っていたようです」

「それで？」

「それが……それ以上は、頑として吐かないんですよ。一味の潜伏先はおろか、今回留吉と二人で江戸に来た目的も――」

篤は、大きな体をやや縮めがちにして、言い淀む。鉄三郎に対して、捗々《はかばか》しい成果を上げられていないと報告することが、余程苦痛なのだろう。顔色にも声音にも、日頃の生気が感じられないのは、徹夜のせいばかりではなさそうだ。

「申し訳ございませぬ」

「そう己を責めるな、篤、一味の隠れ家は兎《と》も角《かく》、此度江戸に来た目的のほうは、留吉が吐いたぞ」

それ故鉄三郎は、殊更声を高めて言った。吊り上げられたまま、ぐったりしている吉次の耳に届くように――。

「…………」

そのとき、吉次の目がハッと見開かれるのを鉄三郎は見逃さなかった。

(矢張《やは》り、より多くを知っているのはこの吉次のほうか)

ということを察すると同時に、

「もう、いいから、そいつを下ろして牢に放り込んでおけ。ケチな巾着切りなら兎《と》も角《かく》、《雲竜党》一味とわかったからは、どうせ打ち首獄門だ」

鉄三郎は更に強く言い放つ。

筧は黙って聞いている。咄嗟《とっさ》に、鉄三郎の演じている芝居を見抜く能力もなければ、それに合わせるという気働きもない。

それが、筧篤次郎の短所であり、同時に大いなる美質でもあった。

「詳しい話は、留吉から聞けばよい」

「お、お待ちください、お頭。…留吉が吐いたというのは本当ですか？」

言い捨ててそのまま立ち去りそうな鉄三郎のあとを、筧が懸命に追いかける。

「本当だ」

立ち去る様子を見せつつも、なおわざと聞こえる声音で鉄三郎は応える。

「まさか、ゆきの字が落としたってんですか？　あんな軟弱な《姫》に落とせて、それがしに落とせないなんてことが……」

「だが、事実なのだから仕方あるまい。寺島には、貴様ほどの剛力はないかもしれぬが、貴様にはない知恵がある」

「…………」

筧は一瞬間絶句した。その顔を見て、言ってしまった鉄三郎自身、激しく後悔した。いくらなんでも、言い過ぎだ。鉄三郎の目的は筧を傷つけることではない。

「お頭……」

だから、それ以上はなにも言わず、足を速めた。

「待ってください、お頭——」

筧は鉄三郎のあとを追う。

「そ、それで、こやつらが、此度江戸に来た目的ってのは、一体なんだったんです？」

「たわけッ」

一喝しざま、鉄三郎は筧の頭を軽く小突いた。

「でかい声を出すな。……吉次に聞かれるだろうが」

部屋の外に出たところで、鉄三郎は不意に声をひそめて言う。

「え？」

「留吉が落ちたというのは嘘だ」

「え、そ、それは、どういうことで？」

　筧は忽ち怪訝な顔をする。

「吉次に口を割らせるためだ」

「…………」

「あの二人、年は留吉のほうが上だが、一味の中で上の者から信頼され、より強い立場にあるのは吉次のほうだ。それ故、此度江戸に来た目的も、吉次には知らされているが、おそらく留吉は知らない。知っていれば、留吉は易々と口を割る筈だ」

「…………」

　筧は黙って鉄三郎の言葉に聞き入った。

「留吉が吐いた、と耳にした瞬間半信半疑ながらも、吉次は明らかに動揺していた。或いは留吉も知っていて、本当に吐いたかもしれない、と疑っていよう。留吉は、責められれば簡単に吐く男だ。……それ故、吉次と留吉を同じ牢に入れ、その様子を逐一見張るのだ」

　鉄三郎は淡々と筧に言い聞かせる。

「吉次はおそらく、留吉を責めるだろう。二人のあいだでどういう言葉が交わされるか、考えてみろ、篤」

「それは、あの……一体、どういう……」

「いいから、お前は黙って聞いておればよい」

「はい……」

不承不承に肯いた篔の、依然戸惑ったままの表情を見るうち、鉄三郎はふと思い出すことがある。

「おい――」

それ故唐突に篔の腕を摑むと、

「来い」

かなり強引に引っ立てた。

責め部屋からも、人目のあるところからも離れるためにほかならなかった。

鉄三郎とて、身の丈六尺ゆたかという堂々たる体軀の持ち主だが、桁外れの巨漢である篔と比べるとひとまわりは小さく見えてしまう。そんな巨漢を、易々と引っ立て、石畳の先にある裏庭まで引っ張っていったのだから、彼の膂力《りょりょく》も並大抵のものではない。

「お、お頭……」

「喋るなッ」

鉄三郎の剣幕に気圧《けお》されたのだろう。困惑しながらも、筧は唯々《いい》として従った。

全く人気《ひとけ》のない裏庭に出て、井戸端に植えられた譲り葉《ゆずりは》のもとまで来たところで、鉄三郎は漸く《ようや》筧の腕から手を離す。

一旦離し、離された筧がホッとした次の瞬間、鉄三郎はその胸倉を荒々しく摑んだ。

「貴様ら、清次に、なにをやらせた？」

「…………」

「足を洗った清次に、一体なにをやらせたのだと聞いているんだ、篤。清次は、火盗の密偵ではないのだぞ」

「わ、わかってます」

「わかっていて、やらせたのか？……貴様、よくも——」

胸倉を摑んだ鉄三郎の腕に、無意識の力がこもる。

「せ、清次のほうから……」

厳しく締め上げられて苦しい息の下から、筧は懸命に言葉を述べた。

「清次のほうから？」

「清次が、やりたい、って……やらせてくれって言ってきたんですよ」

「…………」

虚を衝かれる形で、鉄三郎の腕から力が抜けた。すると、息苦しさから逃れた筧はひと息にまくし立てる。

「俺たちが、突き止めた《雲竜党》の奴らを、どうやって捕まえようかって、《よし銀《ぎん》》で話してたとき、たまたま居合わせた清次が、『おいらに、手伝わせてください』って言ってきて……は、はじめは、断ったんですよ。清次が足を洗ったのはもう十年も前のことです。足を洗ったというのが本当なら、昔の技が使えるかどうかもわかんねぇし——でも、使えないなら使えないで、それはそれでいいんじゃないか、と善さんが言うもんで……」

「確かに、懐の財布を掏摸にすられたように見せかけるだけなら、昔の神業《かみわざ》は必要ないな」

「…………」

鉄三郎の言葉に驚き、筧は絶句した。

「だが、清次は、昔と違わぬ神業をしてのけたのであろう」

「え？」

「吉次の財布を掏摸盗ると同時に、同行者である留吉の懐へ忍ばせる。《拳《こぶし》》の清次にしか為し得ぬ神業だ」

「そ、そこまでご存知とは……」

「当たり前だ」

鉄三郎は冷たく言い放つ。

「清次は確かに足を洗った。足を洗うと決めた日より、一度として他人様の懐など狙ったことはない。……だが、かつて長谷川様にうけた御恩を忘れてはおらぬ。それ故、なにかと我らの役に立とうとするだろう」

鉄三郎は淡々と言葉を次いだが、その目の中にはなみなみならぬ強い感情がある。それは篤にも容易に伝わった。

「だからこそ、もうこれ以上、巻き込んではならぬのだ、わからぬか、篤？」

「…………」

「清次がなんと言おうと、もう金輪際《こんりんざい》手伝わせてはならぬぞ、篤」

「はい」

深く項垂《うなだ》れながら、篤は応えた。

「わかればよい」

短く言い捨てて踵を返した鉄三郎の背は、筧が慌てて顔をあげたときには既に彼の視界から去ろうとしていた。

（速い……）

いつもながら、鬼神の如き足の速さであった。

第二章　驟雨《しゅうう》

一

風が、強い。

しかも、季節外れの北風だった。

そのため、暮六ツ過ぎから降り出した雨が、傘などなんの役にも立たぬが如く、容赦なく全身に降りかかる。濡れた体は、季節が冬かと錯覚するほどどうぞ寒い。

（よりによって、こんな日に……）

おそらく、多くの者が同じ思いに捕らわれたことだろう。

先の先手弓頭にして、火付盗賊改方長官であった長谷川宣以の月命日である。長谷川を慕う火盗改の与力・同心の多くは、墓参りに行った。

菩提寺は、四谷《よつや》の戒行寺《かいぎょうじ》だ。

帰り道が、少しく遠い。そのため、非番の者たちはそのまま飲みに行き、酔いつぶれることになる。

だが、勤務中に、そのあいだを縫って行った者は再び勤めに戻らねばならない。つまり、非番でもないのに四谷まで足を伸ばすのは、なかなかの負担なのである。

だが、それを承知の上で、月命日に長谷川の墓前を弔《とむら》う者は少なくなかった。

彼らにとっては、長谷川宣以こそが唯一無二の火盗改の頭《かしら》であり、その当時の火盗改の華々しい働きが、未だに忘れられないのだ。

もとより、鉄三郎もその中の一人だ。

鉄三郎が、剣崎家の家督を継《つ》ぐとともに、亡父も亡兄も代々勤めてきた火盗改組与力の職を継いだのは、未だ三十半ばの歳であった。己が最も未熟であった頃に薫陶《くんとう》を受けたひとのことは、おそらく終生忘れ得ない。

(あの方がおらねば、いまの自分はない)

歳の離れた兄によって育てられ、殆ど父を知らぬ鉄三郎にとっては、まさしく父にひとしい存在だった。

それ故、故人への思いの強さにかけては、誰にもひけをとらぬ自信があった。

でありながら、

「いまのお頭のために、お前は命を捨てることができるのか、剣崎」

年配の与力に詰め寄られたとき、鉄三郎は困惑し、応える言葉を持たなかった。

「儂《わし》はできぬな」

すると先輩与力はあっさり言い、

「できぬから、火盗を辞める」

「え？」

あまりに呆気なく真意を告げて、鉄三郎を驚かせた。

「さ、酒井《さかい》様、それは……」

「なにも言うな、剣崎。儂なりに、考え抜いてのことだ」

「されど……」

「いまのお頭は、賊の捕縛よりも、己の立身出世を最優先されるお方だ。そんなお人の下で、命を削るような働きはできぬ。……犬死にだ」

「…………」

「そうは言うても、もうこの歳だしな。誰かの役に立つなら、身を粉《こ》にして働くことも厭《いと》わなんだのだが、いまのお頭のためにだけは絶対に働きたくない」

長谷川宣以が頭であった頃、最も華々しい手柄をあげた与力の酒井祐輔《ゆうすけ》は言い、

「隠居するよ」

照れたような笑顔をみせた。

「もう、いい歳だ」

自らを嗤《わら》う顔つきだった。

「だが、お前はまだ若い、剣崎。お前を慕う若い同心たちも少なくない。……せいぜい、励むしかあるまいな」

鬢《びん》に白髪が目立つようになった酒井の自嘲の表情を見てしまった鉄三郎には、返す言葉もなかった。

酒井とは寺を出たところで別れ、鉄三郎は一人、帰路に着いた。

(俺も、非番の日であればよかったな)

酒井と他の者たちは、内藤新宿《ないとうしんじゅく》の盛り場へでも繰り出すものと思われた。故人も酒に目のない人だったから、よい供養になるだろう。

四谷からの道々、冷たい雨にうたれる鉄三郎の心は暗かった。

酒井は、彼が最も信頼する先輩だった。長谷川宣以とともに火盗改の黄金期を築いた有能な与力であり、鉄三郎も多くのことを彼から学んだ。

その酒井から、
「いまのお頭のために命を捨てることができるか」
と迫られたとき、鉄三郎は、
「できます」
と即答することができなかった。
それが口惜しかった。武士《おとこ》たるもの、たとえ誰のためであれ、それが誰かのために
なるのであれば惜しまず命を捨てるべきではないか。
然《しか》るに、「あのお頭のために捨てる命はない」という酒井の言葉に、あやうく同意
しそうになる自分がいた。その一方で、
（確かに、森山様は長谷川様とは全く違う。ご気性もお考えも……だが、だからとい
って、兵が将を値踏みするようなことは、あってはならぬ）
厳しく己を律しようとする自分も――。
（そもそも、新しいお頭を長谷川様と比べること自体、間違っている）
昨日、彼は勤めでとある場所へと赴《おもむ》いた。
先日《雲竜党》一味として捕縛された留吉と吉次。ある程度の拷問の末に、ともに
同じ牢に戻された。

会話を盗み聞かれることを恐れてか、入牢した当初、二人は殆ど言葉を交わさなかった。その後再び別々の責め部屋に移され、約一日激しく責められた。再び同じ牢に戻されても、彼らは暫《しばら》く言葉を交わさなかった。但し、留吉は吐いたぞ、という情報を、それとなく吉次の耳に入れている。

ともに、《雲竜党》の一味であることは露見している。その上、一方が沈黙を通しているのに、一方は吐いた、という。事の真偽を確かめたいと思うのが人情だ。然《しか》るに、疑心暗鬼にとらわれている筈の吉次が沈黙しているのは、明らかに不自然であった。

(見張りに聞かれることを恐れているのだな)

と察した鉄三郎は、牢番をわざと牢から遠ざけさせた。

但し、牢番は遠ざけたが、筧や寺島といった同心たちは、薄壁一枚隔てた牢の裏側で息を潜《ひそ》めて窺っている。

そんな緊迫した空気の中、一刻二刻とときは流れた。

やがて、真夜《まよ》の三更《さんこう》(午前零時)を過ぎる頃、

「おい、留さん」

吉次は低く呼びかけた。

　もとより、きつい責めをうけて死んだように眠る留吉を労《いたわ》る声音ではない。

「留さん…留さん……おい、留吉」

　何度か低く呼びかけても、留吉からの返事はない。それ故、呼びかけつつ何度か小突くが、全く反応がないことに業を煮やして、遂に、

「てめえ、いい加減にしろ」

　と、強く留吉の脇腹を肘《ひじ》で打った。

「うっ…ぐぅ」

　留吉は忽《たちま》ち悶絶する。

「な、なんだよ、吉っつぁん、痛ぇじゃないか」

「うるせぇッ」

　低い怒声とともに、吉次は留吉の頰を叩いた。それも、平手ではなく、拳《こぶし》でばすッ、と殴ったのだ。最早《もはや》限界だったのだろう。留吉は忽ち衝撃を受け、吉次に対してろくに言葉も発せられなくなる。

「大店の主人の芝居なんざ、もうたくさんなんだよ。……てめえ、火盗の責めに負けて、吐きやがったな」

「………」

留吉の沈黙は、吉次の言う意味が全くわからなかったからにほかならないが、吉次はそうは思わなかった。図星を指されて言葉が出ない。そう、受け取った。それ故、

「てめえ、よくもッ」

吉次は留吉の胸倉を摑み、摑んだその手には無意識の力がこめられた。一見痩せぎすな吉次だが、掏摸《すり》の技を会得するために、相応の訓練は重ねている。

それ故存外膂力《りょりょく》は強い。

「ぐっげぇ」

摑まれた留吉はすぐさま断末魔の苦痛の声をあげた。

そのまま死んでしまうなどとは、吉次は夢にも思わなかったろう。ほんの少し締め上げて、真実を吐かせようとしただけだ。前日、火盗改の同心たちによって、自分がそうされたように。

だが、留吉は死んだ。鉄三郎に命じられ、夜っぴて牢の監視をしていた筧と寺島が慌てて駆けつけたときには既に遅かった。

「あ〜あ、まさか仲間を殺しちまうとはなぁ。《雲竜党》の一味であろうがなかろうが、これでてめえは、立派な人殺しだ」

「わかっておるとは思うが、殺しは死罪。これよりは、お白洲《しらす》にて裁きを受けること

になる。……到底死罪は免れぬところだが、こちらの問うことに神妙に答えれば、多少の情けをかけてやらぬこともない」

筧と寺島が、このとき口々に告げた言葉は、ずしりと重く吉次の胸に響いたことだろう。

人殺しの科人《とがにん》となっても、火盗改の調べは最優先である。吉次に対する責めは続く。しかもその先は、火盗改の本格的な責めとなる。

所詮責石、水責めなどは、町方でもおこなわれている生ぬるいもので、多少根性のすわった者ならば耐え抜ける。

それとは別に、火盗には火盗独自の拷問というものがあった。

お馴染みの拷問の一つに、真っ赤に焼けた釘を、指と爪のあいだに入れ込み、更にそこへ熱した油か蠟《ろう》を流し込む、というものがある。石責めや水責めを耐え抜いた猛《も》者《さ》でも、大抵焼けた釘の時点で絶叫し、泣く。しかる後、落ちる。

吉次も、落ちた。

拷問の痛みもあるが、人殺しの下手人《げしゆにん》になってしまった、という精神的苦痛も大きかったのだろう。拷問に耐え抜いたとしても、どうせ死罪だ。吉次の心のたがはその一事であっさり外れた。

「お頭の使いで、千住宿《せんじゆしゆく》に潜《ひそ》む仲間につなぎをとりにまいりました」

「千住の何処だ？」

間髪《かんはつ》容《い》れずに鉄三郎は問い返した。

「…………」

「いい加減なことを言って逃れられると思っておるのか？」

「い…いい加減なことなど申しておりません」

「お前と留吉は、三崎町の宿に三日も逗留していた。頭から言いつかった用事があるなら、何故江戸に着いてすぐ、仲間のもとに向かわなかったのだ？」

鉄三郎の舌鋒は更に鋭さを増す。

「そ、それは……」

「なんだ？」

「久しぶりの江戸だったもんで、少しくれぇ楽しんでもバチは当たらねぇかと思いまして…その、多少羽を伸ばそうと……」

「だとしても、三日は楽しみが過ぎよう。江戸で三日も遊んでいたと頭に知られれば、ただではすまぬ筈だ。お前たちは、江戸で誰かを訪ねるつもりではなく、逆に何日も同じ宿に逗留し、誰かが来るのを待っていたのではないのか？」

「…………」

「お前たちは、上州《じょうしゅう》で太物《ふともの》問屋を営む『高崎屋《たかさきや》の主人・松五郎《まつごろう》とその手代の万吉《まんきち》』と名乗ってあの宿に逗留していた。なにか企んでのことに相違あるまい」

「い、いいえ、それは……」

鉄三郎から矢継ぎ早に詰問されると、吉次の顔色は目に見えて変わっていった。

「お前たちは、《雲竜党》が次に狙いをつけたお店の下見に来たのではないのか？……例えば、狙ったお店の主人と親しくなるため、先ず吉次、お前がお店の主人の懐から財布を抜く。そしてそれを、さも拾ったもののように親切顔で主人に届ける。見えすいた芝居だが、人とは存外、そうした単純な罠にかかってしまうものだ」

「どうなんだ、おいっ？」

沈黙した吉次の背を、寛が容赦なく竹刀で打ちすえた。吉次は苦痛に顔を歪めるが、言葉は発しなかった。答えないということは即ち、鉄三郎の言葉が当たっている証拠であった。

「まあ、よい。お前たちを捕らえられたことで《雲竜党》の次の押し込みの計画は滞《とどこお》った。あとはじっくり、一味の隠れ家を吐いてもらうことにしよう」

鉄三郎の言葉が合図となり、吉次には第二の拷問が科せられることになった。即ち、熱した釘とドロドロに溶けた蠟の二重奏だ。

だが、その拷問が実際に科せられる前に、吉次は吐いた。

「い……板橋宿の……吉屋《よしや》という質屋の二階です」

(板橋？　中山道《なかせんどう》か……)

東海道《とうかいどう》の品川《しながわ》、日光《にっこう》街道の千住、甲州《こうしゅう》街道の内藤新宿と並んで、江戸四宿《ししゅく》の一つである。四宿はそれぞれ日本橋《にほんばし》から各街道を出発した際のその最初の宿だ。当然旅籠《はたご》の数は多く、茶屋や酒楼、果ては遊廓も多く、江戸市中と変わらぬくらい賑わっている。

鉄三郎は直ちに配下の同心たちを引き連れ、板橋宿の『吉屋』に出向いた。

しかし、彼らが到着したときには既に吉屋も、その二階も蛻《もぬけ》の殻《から》であった。

帳場に置かれた火鉢にはまだ熾火《おきび》が燃えていて、ほんの寸刻前までそこに人がいたことを如実に証明していた。

(遅かったか)

鉄三郎は激しく臍《ほぞ》を嚙んだが、その結果を森山に報告したとき、彼が鉄三郎に返した言葉は、

「そうか。ともあれ、皆に怪我がなくてよかった」

というものだった。

一見、部下思いの心優しい上司のように思えるが、鉄三郎には歯痒いばかりであった。

《雲竜党》の次の押し込みを禦《ふせ》ぐことができなければ、どれほどの犠牲がでるか、あなたにはおわかりにならぬのか)

身のうちから、無意識の震えが興った。怒りの故に相違なかった。

(ぬるい……ぬるすぎるぞ。もしこれが長谷川様なら——)

つい思ってしまう自分がいた。

だがそのことで、次の瞬間鉄三郎は自分自身を激しく責めた。

それだけは、絶対にしてはいけない。長谷川宣以が役を退くときに彼と交わした約束でもある。

(いかん、いかん。……こんなことではいざというとき、充分な働きができぬかもしれぬ)

もう一度、自らに厳しく言い聞かせて、鉄三郎は一途《いちず》に足を速めた。

冷たい雨に濡れた体を、一刻も早く温めたい一心で。

二

「あ、あの、寺島さん」

この春出仕したばかりの牧野忠輔《まきのただすけ》が、不安げに寺島靭負を顧み、怖《お》ず怖ずと話しかけた。齢《よわい》十九。亡父譲りの黒羽織が、未だ少年のままの華奢な体にはやや大きいようで、袖が、その手指の先までも被ってしまっている。作り直してくれる妻も、まだ娶《めと》っていない。

(だが母親はいるはずだ。母親が直してやればよいものを――)

という目で、見るともなしに牧野を見ていた寺島は、急に名を呼ばれて、

「なんだ、忠輔?」

多少の動揺をひた隠しつつ静かに問い返す。

黒羽織を着ていなければ、火盗改の同心とは到底思えぬ着流し姿の寺島靭負は、《姫》のあだ名のとおり、視線一つにもゾッとするほどの艶《つや》がある。

「あ、あの……」

そんな寺島の、惹き込まれそうな瞳に見据えられ、若い忠輔は少しく焦った。

「こ、これから我らが捕縛に向かう賊の数は、数十人と聞きましたが……」

「ああ、そのようだな」

「数十人とは、具体的に何名ほどのことを指すのでしょうか？」

「さあな。二、三十人かもしれぬし、或いは五十人ほどかもしれぬ」

「え、五十人……」

「密告状には、漠然と数十人としか書かれていなかったからな」

　と寺島の言葉は少々つれない。

　忠輔の震え声を聞いた瞬間から、実は寺島には些《いささ》かの悪戯《いたずら》心が興っている。

「ご、五十人もの賊を捕縛するのに、この人数で、本当に大丈夫なのでしょうか？」

「大丈夫だろう。我らは、火盗改の中でも最強と言われる《剣組》の精鋭だ」

　寺島が余裕たっぷりの口ぶりで言えば言うほど、

「し、しかし…如何に《剣組》とはいえ、凶賊五十名を捕縛するのに、僅か十人足らずでは……」

　牧野忠輔の口調も顔つきも次第に強張《こわば》り、恐怖に戦《おのの》いてゆく。

「ん〜？　お前は、我らが賊におくれをとると思うのか、忠輔？」

「い、いえ…そうではありません。そうではありませぬが……」

「なんだ？」

短く鋭く寺島は問う。

「そうではありませぬが……」

「貴様、さては怖《お》じ気づいたのだな」

いまにも泣き出しそうな牧野忠輔の顔に向かって、寺島は冷ややかに問い返した。

「…………」

当然図星を指された牧野忠輔は、一瞬間絶句する。強張った表情のままで。

その怯えきった表情を間近に見たことで、寺島の嗜虐《しぎゃく》性は充分に満たされた。

「火盗の捕り物では、五十どころか、百名近い賊と対することもざらだぞ」

満たされたことで、忽ちそのことに対する興味が失せる。

「そういえば、お前、賊の捕縛におもむくのはこれがはじめてだったな」

「いえ、はじめてではございませぬ。せ、先日、葭町《よしちょう》の辻で火付けをしようとしていた賊を召し捕りました」

「ああ、あれはお手柄だったな」

寺島靭負は、その形の好い薄い唇を淡く笑ませて冷たく微笑《ほほえ》んだ。

「だが忠輔、葭町の下手人は、未だ罪を犯す寸前だった。火付けをしようとしていたところを、捕らえたのだろう？　実際に火付けをしたわけではない」

「は、はい」

「それは、正確には下手人とは呼ばぬのだぞ」

「…………」

「未だ下手人ともなっておらぬ者を召し捕ったくらいで、火盗のお役目をすべて心得たように思うのは僭越《せんえつ》だ」

「け、決してそんなつもりでは……ございませぬ」

懸命に言い募る忠輔の顔が可愛らしく思えた。可愛らしい者には、つい必要以上に意地悪をしたくなる。寺島の悪い癖だ。

「ほう、では何故、たかが五十名ほどの賊を相手にそれほど怖《お》じる？」

「お、怖じてなど、おりませぬッ」

忠輔は夢中で言い返す。

「ならば何故、我らがこれから捕縛しに行く賊の人数を俺に確認した？」

「…………」

「怖じているから、わざわざ確認したのだろう？」

「そ、それは……」

逃げ道のない口調で鋭く指摘されて、忠輔は返す言葉が一言もなかった。ただ無言で項垂《うなだ》れるしかなかった。

「いい加減にしないか、靭負」

少し先を歩いていた丸山善兵衛《まるやまぜんべえ》がわざわざ足を止めて振り向いた。

「火盗が相手にするのは何《いず》れも凶悪な者ばかり。おとなしく縛《ばく》につくような者はおらん。必死に刃向かってくる者たちを相手にするのだ」

言いつつ丸山は寺島たちのほうへ近づいてくる。

「命がけのお勤めなのだ。怖じ気づいて当然だ」

「からかっただけですよ、善さん。忠輔が、あんまり可愛い顔してやがるから」

言い訳のように寺島は言い、言いざま不意に足を速めて丸山を追い越した。苦手《にがて》なのだ。生真面目な丸山の説教も、しんみりした雰囲気も。

「少しでも怖いと思ったら、後ろにさがっていていいんだからな、忠輔」

呆気にとられて寺島の背を目で追った牧野忠輔の肩を、丸山は優しく撫でた。

「わ、私は…別に、恐れているわけでは……」

「どんな名将にとっても、初陣《ういじん》は怖いものだ。気負っているぶん、緊張して、思うような働きができないこともざらにある」

「は、はい……」

「よいか、忠輔、肝要なのは、己の恐怖心と向き合うことだ。そこから目を逸らして無理をしたところで、ろくなことにはならぬ」

「はい」

「きちんと向き合っておれば、恐怖心はいつかは消える。そのときに、本気で参陣すればよい。中途半端な状態での参陣は、味方の足を引っ張るだけだ。わかるな、忠輔？」

「は、はい」

忠輔は丸山の言葉に素直に肯《うなず》いたが、聞くともなしに背中で聞いてしまった寺島は、

（そこまで言うか、善さん？）

内心舌を巻いている。

（優しげな言葉つきで……俺よりよっぽど人が悪いぜ）

丸山の言葉にこめられたその真意を瞬時に理解したのだ。一見優しげな好々爺《こうこうや》の風貌に騙されてはいけない。丸山善兵衛は、老練な火盗改の同心なのだ。

穏やかな口調で忠輔の恐れを取り除いてやろうとするかにみせて、暗に、

「素人《しろうと》は引っ込んでいろ」

と申し渡している。

だが、その真意に全く気づかぬ忠輔が、善兵衛の優しさを素直に受けとめたことは言うまでもないが。


（あやつら、いい気なものよ）

寺島ら同心たちの交わし合う言葉を背中で聞き流しつつ、鉄三郎は渋い顔で歩を進めている。一途に足を速めていた。目的地までの道のりは、まだ半分にも到っていない。


数日前、火盗改の役宅に、投げ文があった。

高井戸宿《たかいどしゆく》の某所に、盗賊一味と思われる怪しい男たちが大勢屯《たむろ》している、というものだった。

実際、そんな根拠のない密告り《チク》は珍しくもなく、大抵は取り合わない。多いときなら、日に四、五十件もの密告りがあるのだ。その殆どが、報奨金めあてのニセ情報だった。

だが、今回の件に関しては、既に火盗改配下の目明かし、密偵たちからも同様の報告があり、更に調べを進めようとしていたその矢先のことであった。

「密偵らもそのように調べあげ、こうして同じ内容の密告もあったからは、なにを躊躇《ためら》うことがあろう。直ちに、捕縛に向かうがよい」

森山は、いとも容易《たやす》く命《めい》を下したが、鉄三郎には些か気になることがあった。

（どうも、出来過ぎている）

と思えてならなかったのだ。

密偵からの報告と前後して、その報告を裏付ける密告がある。

全くあり得ぬことではない。

あり得ぬことではないが、屡々《しばしば》あることでもない。

それ故、鉄三郎は森山に対して、

「まだ、はっきりした潜伏場所がわかっておりませぬ故、引き続き調べさせます」

と告げ、目明かし、密偵たちの探索を急がせた。

火盗改に使われている目明かし・手先、密偵は、皆飛び抜けて有能である。命《めい》を承《う》けてから一両日のうちに、盗っ人どもの確かな住《す》み処《か》を探り出してきた。

「高井戸宿郊外の無人の農家に、少なくとも、数十人は集まっています」

と聞いて、鉄三郎も腰を上げぬわけにはいかなかった。

だが、この時点でもなお、鉄三郎は己の中に生じた違和感を消すことができなかった。

高井戸宿は、甲州街道沿いでは江戸から二番目の宿場だが、のちに内藤新宿が設けられて賑わうようになったため、自然と廃《すた》れた。内藤新宿は、風紀上の問題で享保《きょうほう》年間に一度廃《はい》され、再び高井戸が宿場として機能するようになる。しかし、やはり高井戸では日本橋から遠すぎて不便であることから、やがて内藤新宿は再開された。

寛政七年のこの当時、高井戸宿には全部で六軒ほどの旅籠しかなく、宿場としては殆ど機能していない。

宿場というより、寧《むし》ろ農村の様相を呈していた。旅人は皆、高井戸を素通りして内藤新宿を目指す。

日本橋から高井戸宿までは約四里。半日がかりの距離である。江戸市中から出発して日帰りするのは、常人の足では難しい。

敵の人数が定かでない以上、少人数で向かうのは危険だ。

(とはいえ、まさか火盗改総出で出向くわけにもゆくまいし——)

結局、強者《つわもの》揃いの《剣組》を向かわせるのが妥当であると、森山孝盛は判断したのだろう。

鉄三郎も、それに否やはなかった。

寧《むし》ろ、自分の配下の者たちだけで事に臨めるのは有り難かった。

前夜は内藤泊まりとし、早朝内藤を発って甲州街道をひたすら歩いた。

いや、歩くというより、常人にとってはほぼ小走りに近い速度で進んだ。緊急の出動でも後れをとらぬため、火盗改の同心たちは日頃から足腰を鍛えている。終始小走りであろうとも、全くものともしない。最年長の丸山善兵衛も同様である。寧ろ、まだ鍛え方が甘く、急ぎの行軍にも慣れていない、という点で、最も年若い牧野忠輔が、常に後《おく》れがちになった。

とまれ、鉄三郎と剣組の同心たちは、想定していた時刻よりもずっと早く、目的地に到着した。

密偵たちが捜し出した郊外の無人の農家というのも、すぐにわかった。茅葺《かやぶ》き屋根の古びた平屋だが、昔は羽振りがよかったらしく、庭には大きな土蔵も建っている。或いは、落ちぶれた庄屋の家かもしれない。もとより、その土蔵の壁も所々崩れ落ちてはいたが。

雨戸は、もう殆ど用を為さぬほどに破れているが、それでもきっちりと閉ざされていた。

大きな穴も開いているため、そこから中を覗くことも、窺《うかが》うこともできる。

しかし、鉄三郎は、部下たちを不用意に近づかせはしなかった。

罠が仕掛けられてはいないかと、疑ったのだ。

そもそも、人の出入りの少ない廃れた宿場に、他所《よそ》から大勢の人間が入ってくれば、人目につくのは当然だ。これから江戸へ乗り込み、悪事を働こうという連中が、そんな不用意な真似をするだろうか。

この報告を受けて以来、生じていた密かな違和感の正体に、ここへ来て漸《ようや》く鉄三郎は気づいた。以前、掏摸の吉次が、仲間の隠れ家があるのは板橋宿だと告げたときには、なんの違和感も覚えなかった。それは、板橋が江戸にほど近い便利な宿場であったためだ。

(もし本当に、こんなところに潜伏しているとすれば、それは我らをここへ誘《おび》き寄せるための罠だ)

それ故鉄三郎はすぐに押し入らず、家の十歩ほど外から中を窺った。

ほどなく、筧と寺島の二人が周辺の斥候《せっこう》から戻ってきた。

「やはりここに間違いないようです、お頭」

「そうか」

寺島の言葉に肯きながら、鉄三郎はなお思案していた。

「踏み込まねぇんですか？」

　一向に動こうとしない鉄三郎に、筧が焦れたように問いかける。

「お前は、本当にこの家の中に賊どもが潜んでいると思うのか、篤」

「だって、そうタレコミがあったじゃねえですか」

「もしお前が、盗賊の頭だとして、これから江戸市中の商家に押し入ろうというとき、この高井戸で足を止めるか？」

「え？　そりゃ一体、どういう意味です？」

「俺ならば、内藤まで行く。内藤ならば、人の出入りも多く、昼から賑わっているため目立ちにくい。潜伏場所にも事欠かぬ。それに、内藤に潜んでいれば、江戸市中に入るのも容易かろう」

「そ、それは……それでは、ここには賊はいねえってことですか？」

「罠、ですか？」

　鉄三郎の言う意味が理解できず戸惑う筧をさしおいて、寺島が鋭く鉄三郎に問うた。

　鉄三郎が僅かに示唆しただけで、直ぐ「罠」という言葉に行き着いたのは、寺島もまた、その可能性を充分に疑っていたということだ。

「姫は鋭いな」

「ですが、お頭――」

小難しい顔をしてしばし周囲を見まわしてから、寺島はふと言いかける。

「なんだ？」

「いまのところ、あたりから煙硝《えんしょう》の匂いなどはいたしませぬが」

寺島は以前鉄砲組にいたため、銃器の扱いに長《た》けている。当然、火薬の匂いにも人一倍敏感だ。

「せぬか？」

「はい」

真顔で肯く寺島の麗《うるわ》しい顔を見返しながら、鉄三郎は内心苦笑する。

罠であれば、当然飛び道具を用意する筈だと思うのは、如何にも寺島らしい発想であった。

「だが、姫、火薬の匂いどころか、俺には人の気配すら感じられぬぞ」

苦笑を堪《こら》えて鉄三郎は言い、更に、

「お前たちには感じられるか？」

寛と寺島の顔を見くらべながら問う。

「…………」

二人はともに一瞬間首を傾げてから、

「確かに、人が潜んでいるにしては少々静かすぎる気はしますが」

「まさか、誰もいねえなんてこと、そんなこと……」

二人は口々に言い淀む。

「雨戸の穴から、矢を射込んでみましょうか？」

それからまた少し考えて、寺島が至極真っ当な提案をした。

矢を射込むのであれば、家の側まで近づく必要はないから、なにか罠が仕掛けられているとしてもそれに嵌《はま》る危険は少ない。

それどころか、罠を仕掛けて中に潜んだ者たちの意表を衝く妙案である。

「おぅ、そりゃいいや、やってやれ、ゆきの字」

筧は瞬時に賛成した。

頭の働きはやや鈍いが、妙案を嗅ぎ分ける嗅覚は鋭い。それが、《剣組》の狂犬・筧篤次郎という男だ。

「いいですか、お頭？」

「うん、確かによい考えだが、最早その必要もあるまい」

言いざま鉄三郎はやおら立ち上がり、真正面から家に近づいた。

足早に近づくと、ものも言わず、いきなり、
ドガッ、
と強く雨戸を蹴破る。

埃《ほこり》っぽい家の中に忽ち陽が射し込め、中が一望できた。

その途端、背後に控えていた同心たちの口から、一斉に驚きの声が漏れる。

中は、完全に無人のあばら屋だった。

人の姿など、どこにも見られなかった。

「こ、これは……」

同心・目明かしたちは一斉に近づいてきて、そして一様に茫然とする。

「一体、ど、どういうことです、お頭ッ⁉」

筧篤次郎が吠えるような叫び声を上げた。

「謀《たばか》られたのよ」

吐き捨てるように鉄三郎は言い、一同を顧みる。

「すべては、我らをここへ向かわせるために仕組まれた罠だった」

「罠……」

一同が口々に動揺する中、

「つまり、我らの足をここへ向けさせておいて、そのあいだに、我らのおらぬところでなにかを為そうと企んだということですな」

さすがは年長者らしい落ち着いた口調で、丸山善兵衛が述べた。

「そういうことだ」

鉄三郎は静かに肯き、

「皆、急ぎ、江戸へ戻るぞッ」

だが、次の瞬間には、悪鬼の形相で怒号を発していた。

もとより、否やを唱える者など一人もいない。

「後れをとるでないぞッ」

部下たちに言い放つのと踵《きびす》を返すのとが、ほぼ同じ瞬間のことだった。言うなり鉄三郎は先頭に立ち、来た道を走り出した。剣組の一同、黙ってそのあとに従ったことは言うまでもない。

三

昼でも夜と同様に賑わう内藤新宿を過ぎ、四谷の大木戸をくぐったあたりで急に雨が降り出した。

そろそろ酉《とり》の上刻《じょうこく》にさしかかっている。

森山邸のある神田《かんだ》の表猿楽町《おもてさるがくちょう》へ行き着く頃には、如何に足腰の強い剣組の面々でも、さすがに暮六ツを過ぎているだろう。

「お頭ぁッ」

鉄三郎のすぐ後ろを走っている筧が頻《しき》りに声をかけてくる。

「…………」

なにか話しかけていることは間違いないが、そのすべてを雨音がかき消していた。

（この雨では……）

走りながら、鉄三郎は思った。

鉄三郎自身が予想したとおり、表猿楽町の辻を過ぎたあたりで、完全に日が没した。

鉄三郎は御用屋敷の前で一旦足を止め、背後を顧みた。すぐ後ろに続いていた筧が、急に足を止められたことで勢い余って少しくつんのめる。

「お頭ッ」

「どうしました？」

「息を、整えるのだ」

鉄三郎は皆に説明した。

「充分に息を整えておかねば、いざというとき、不覚をとるぞ」

休む間もなく走り続け、しかも雨中を来たことで、相当体力を消耗してしまっている。なにか異変が起こっているか——或いはこれから起こるとしても、乱れた呼吸を整えておかねば存分な働きができない。

「ちょうどよかった。忠輔が少し遅れたようですから」

いつものゆったりした口調で丸山が言い、

「ちっ、あの野郎、しょうがねぇな」

筧は激しく舌打ちする。

「だいたい、善さんは忠輔に甘過ぎるんですよ」

「そうでもないと思いますよ、篤兄」

と口を挟んだのは寺島である。既に口許に人の悪そうな薄笑いが滲んでいた。

「いや、甘いね。……なにかってぇと、二言目には『まだお勤めに不慣れなのだから仕方ない』って、庇ってるじゃねえですか。いつまでも甘やかしていては、奴のためにもなりませんよ」

「じゃあ、篤兄が厳しく鍛えてやればいいじゃないですか」

「俺が？……なんで、俺が？」

「だって、忠輔は鍛え直したほうがいいんでしょ？」

「だからって、俺はいやだよ、ガキのおもりなんか」

「篤兄しかいないでしょ」

「だから、なんでだよ？」

「だって、剣組一の使い手じゃないですか、篤兄は」

「お、お前、そんな……今更煽《おだ》てたって、なんにも出ないよ」

「別に煽てちゃいませんよ。本当のことじゃないですか」

「な、なに言ってんだよ。剣組一の使い手は、お頭に決まってんだろうが」

「だから、お頭の次に、って意味ですよ」

「それは……ま、まあ、そうかなぁ」

満更でもない口ぶりで頻《しき》りに顔を拭う筧の他愛なさを、人の悪い寺島は蓋《けだ》し心中で嗤《わら》っていよう。

歩みがゆっくりになると、忽ち無駄口をきく余裕ができる。

（ったく、こやつらときたら……）

それを内心苦々しく思いながらも、鉄三郎は注意せず、素知らぬ顔で聞き流していた。

寛、寺島の二人は、その外貌からも、同心たちの中でかなり目立つ存在だが、この二人に限らず、鉄三郎配下の同心たちは皆、百戦錬磨の強者揃いだ。

皆、いざというときは躊躇うことなく死地に赴く覚悟のできた者たちなのである。そういう者たちが何気なく交わし合う言葉には、他愛ない軽口一つにも、真実の魂がこめられているものだ。

少なくとも、鉄三郎はそう信じていた。それ故鉄三郎は、彼らの叩き合う軽口、無駄口を一切叱らずに聞き流す。

（いつ死ぬか、明日のこともわからぬ身の上だ。無駄口くらい好きなだけ吐き合え）

という気持ちで。

森山邸——つまり火盗改の役宅の周辺は、いつもながらシンと静まり返っていた。

騒がしさを好まぬ森山を憚《はばか》り、剣や槍の稽古も決められた時刻、決められた時間内にしかおこなわない。科人の拷問も、声や音が屋敷の外まで響き易い夜間は極力おこなわないよう、気を遣っていた。

その上、騒がしさでは人後に落ちぬ剣組の面々が揃って屋敷の外にいる。静かなのも当然だった。

だが、その上でなお、邸内の静けさを少々異様だと鉄三郎は感じた。

そのあたりの違和感は、最早長年の勘としか言いようがない。

「裏にまわるぞ」

それ故鉄三郎はいきなり表門の扉を叩かず、役宅側ではなく、森山家の裏口のほうにまわった。役宅の門は、お屋敷全体から見れば脇門の位置にある。

鉄三郎が向かったのは、屋敷全体の裏口であった。

屋敷の裏口は所謂《いわゆる》勝手口であり、入ったところは即ち御台所だ。通常、そこを出入りするのは、下働きの者たちと、毎日屋敷に食材を届けに来る出入りの商人くらいのものである。夜間の出入りは滅多にないため、中からしっかり閂《かんぬき》がかけられていなければならない。

然るに、裏口の戸は開け放たれていた。そこから入って数歩行くと、明らかに斬られて死んだ小者の死体が転がっている。

「忠助《ちゅうすけ》じゃねえかッ！　ど、どうしたんだ、これはいってえ……」

寛が驚愕の声をあげかけるのを、

「静かにしろ、篤」

鉄三郎は鋭く制する。

下働きの小者が、そんなところで斬られて死ぬとすれば、理由はただ一つ。とんでもなく危険な場面に、たまたま遭遇し、不運にして斬られたのだ。

「…………」

叱られた篦が沈黙した次の瞬間、

「これは、刀傷ではありませんな。…短刀か匕首《あいくち》のようなもので脾腹《ひばら》をひと突き。……出血の具合を見ても、おそらくひと突きで絶命させられています」

すぐさま死体の上に屈《かが》み込んだ寺島靭負が、冷静に死体を観察して言った。

「おそらく、何者かが、ここから邸内に侵入したのだ」

鉄三郎は皆に聞こえる声で言い、それからやおら踵を返す。

「お頭？」

「篤次郎はここに残れ」

「はい？」

「ここに残って、忠助の遺体の番をするのだ」

「それがしが？」

「なにが起こったのかわからぬ以上、とりあえず、この出入口を死守せねばなるまい。

中から外へ出ようとする者、或いは中へ入ろうとする者があれば、その悉《ことごと》くを、お前が阻止するのだ」

「………」

鉄三郎の言葉の意味を咀嚼《そしやく》するため一瞬間沈黙した後、

「承知仕《つかまつ》りました」

筧篤次郎は胸を反らして返答した。

少々知恵の働きが鈍いところはあるが、これまで何度も死地をくぐり抜けてきた男だ。ここ一番の勘働きは悪くない。己の役目を充分に理解した筈だ。

「我らは、表門より邸内に入る。邸内で何事かが起こっていることは間違いない」

「それがしも、篤兄とともに、ここへ残りますか、お頭？」

鉄三郎の内心を察した寺島がすかさず申し出た。

「ああ、頼む」

考えるまでもなく、鉄三郎は即答した。

思慮が浅く直情的な筧のそばに冷静な寺島を配するのは、剣組の基本戦略だ。それに、なにか事が起こったとき、鉄三郎に知らせに行く者が必要だった。

「他の者は俺に続け」

そして踵を返すや否や、いま来た道を、足早に戻りはじめる。筧と寺島以外の同心たちは鉄三郎のあとに続く。

（これは……）

高井戸宿で、すべてが罠であったと知ったときからずっとつきまとっていたいやな予感が、いまや最高潮に達している。

役宅の表門にまわった鉄三郎は、直ちに右の潜《くぐ》り戸を叩いた。やや、強めに。

「剣崎だ」

叩きつつ、低く名乗った。

その声が聞こえたのか、すぐに潜り戸は開かれる。

「剣崎殿」

門戸を開いて鉄三郎を出迎えたのは、だが、いつもそこにいる年配の番士ではなく、森山家の用人・山田要蔵《やまだようぞう》だった。

「山田殿」

これには鉄三郎もさすがに息を吞み、一瞬言葉を失う。

余程の異変が出来《しゅったい》していることは間違いない。

「如何《いかが》なされた、山田殿？」

「…………」

鉄三郎を迎え入れながら、しかし山田の顔は真っ青で、すぐには言葉も口にできない。

「何故、貴殿が、この時刻、斯様《かよう》な場所におられるのだ？」

答えぬ山田の両肩に手をかけて強く揺すりつつ、糾弾するが如く鋭い語調で鉄三郎が問うと、忽ち怯えた表情になり、

「け、剣崎殿……」

鉄三郎の胸に縋《すが》りついてきた。

「い、一大事にござる、剣崎殿」

「だから、一体如何《いかが》なされたというのだ？」

山田の体を仕方なく受け止めながら、鉄三郎は懸命に問い返す。

「賊がぁ、賊どもがぁ……ッ」

「賊？　賊が邸内に押し入ったのですか？」

「ええ、大勢の賊が……」

「それで？」

「賊どもは、奥方様とお子様がたを人質《ひとじち》にして、は、離れに……」

「大勢の賊が、離れに立て籠もっておるのですか？　森山様の奥方とお子たちを人質にして？」

「あぁ…あわふッ」

途中で言葉を途切れさせてしまった山田を再び激しく揺さぶりながら、鸚鵡《おうむ》返しに鉄三郎は問うが、山田は意味不明の奇声を発するばかりだ。

「山田殿、しっかりなされよッ」

「あふぅ…ああふぅ……」

「ええい、狼狽《うろた》えるでないッ」

山田の他愛なさに、鉄三郎は思わずカッとなった。

奇声を発するばかりで埒《らち》があかない山田の横っ面を、厳しい怒声とともに、少々強めに張り飛ばす。

その途端、

「げぇッ」

と呻いて、山田は悶絶した。

「貴殿は森山家の御用人であろう。御用人が、主家の一大事に狼狽えてどうするッ」

山田の耳許《みみもと》で鉄三郎は怒鳴るが、戦《おのの》いた山田は、白目を剝《む》いて脱力しただけだった。

仕方なく、山田をその場に残し、鉄三郎と同心たちは邸内を進んだ。

石畳を踏んで玄関に達するが、当然出迎える者はない。

玄関を入ってすぐ次の間にも、人はいなかった。暮六ツを過ぎているとはいえ、ここは火盗改の役宅である。いつ何時《なんどき》、急用の使いが来ぬとも限らぬため、取次役の者はなにがあってもほぼ終夜詰めていなければならない。

いま思えば、門内の番所に山田要蔵がいたのは、取次役を命じられてのことだったのではないか。本来次の間に詰めているべきなのだが、賊が怖くて、逃げようと思えばすぐ表へ逃げ出せる番所に身を潜めていたに違いない。

「お前たちはここで待て」

と同心たちに言い、鉄三郎は単身先を急ぐ。

渡り廊下を渡っていると、行く手のほうから人声が聞こえてくる。大勢の話し声だ。

(広間に集まっているのか)

声のするほうへと、鉄三郎は進んだ。

庭を跨《また》いだ廊下を渡りきった先は、火盗改の与力・同心が全員入れる大広間である。

通常は、着任の儀とか正月祝いのような特別なときにしか使われない。

広間の障子はすべて開かれ、中に十数人ほどの与力・同心が座っているのが見えた。

この日張り番でたまたま役宅に詰めていた者たちだけにしてはやや数が多い。すぐに非番の者たちも招集されたのだろう。

広間の最奥——上座に、森山孝盛の青ざめた顔が見える。

「ただいま戻りました、剣崎でございます」

広間の入口で一礼すると、渡り廊下を来るその足音を聞いたときから鉄三郎だと確信していた森山はゆっくりと顔をあげ、

「戻ったか、剣崎」

鉄三郎を一瞥《いちべつ》して、ただ一言低く呟いた。

森山の顔が青ざめて見えたのは、彼の傍《かたわ》らに置かれた行灯《あんどん》の位置のせいで、正確には青黒い、ということを、近づいてみて鉄三郎ははじめて知った。顔色が青黒く見えるというのは、感情が激している証拠である。おそらく、怒りの感情が体じゅうに満ち溢れているのだろう、と鉄三郎は想像した。

四

森山邸に侵入した賊の数は、およそ、二〜三十。役宅裏門から侵入し、たまたまそ

こに居合わせた小者の忠助を殺したことは間違いないが、その後の賊どもの動きがあまりにも鮮やかすぎた。

迷うことなく役宅から母屋へ進み、あっという間に森山の妻と子供たちを人質にとって離れに立て籠もった、という。

(内通者がいるな)

鉄三郎は確信した。

予《あらかじ》め、屋敷内に潜んでいた何者かが、閂を外して仲間を邸内へ引き入れたのだ。

立て籠もった後、賊どもは、森山に対してとんでもない要求を突き付けてきた。

即ち、

「女房と子供の命が惜しければ、牢につながれている仲間をすべて解き放て」

という要求を——。

賊どもは、自らを、《鉄輪《かなわ》》の敏吉《びんきち》一味の者だと名乗っていた。

鉄輪の敏吉一味は、少し前火盗改によって捕縛されている。その際、手下《てした》を逃がそうとして捕り方に激しく刃向かった頭の敏吉が命を落としていた。

だが、敏吉の犠牲も虚しく、その場にいた一味の殆どが、捕縛された。

そのときに捕縛された仲間を解き放て、というのが、賊の要求であった。

《鉄輪》の敏吉一味は、押し込み強盗の際、感心にも、人を殺さぬということを旨としていたようで、これまで被害に遭った家で、死体が発見されたことは一度もなかった。

そのため、殺人の罪を負っていない手下どもは火盗での取り調べもそこそこに小伝馬町の牢屋敷へ送られ、そこで沙汰が下るのを待っている。

「おのれぇ、賊どもがぁッ」

森山孝盛は、外出先から戻ってこのことを知らされると、日頃の彼とは別人のような形相になって怒号を発した。

己の屋敷内に賊の侵入をゆるした上に、家族を人質にとられたのである。当然だろう。

だが、次の瞬間、森山は信じられない言葉を吐いた。

「いますぐ離れに突入し、賊どもをひっ捕らえよ。捕らえることがかなわねば、皆殺しにせよ」

その場にいた一同は、当然逡巡《しゅんじゅん》した。そんなことをすれば、賊どもは忽ち、森山の家族を殺してしまう。

「何故、我が命《めい》に従わぬッ」

一向腰を上げようとしない与力・同心たちに、森山は焦《じ》れていた。

そこへ、鉄三郎が帰還したのである。

「よいところへ戻った、剣崎、直ちに賊どもを捕らえよ」

「お頭、それは――」

瞬時に顔色を変えて言いかける鉄三郎を完全に黙殺して、

「我が家族の命とひきかえに、賊どもを解き放つことなど、断じてできぬッ」

激しい語調で言い放った。

鉄三郎は、内心刮目《かつもく》する思いでそんな森山を見た。

暇さえあれば書物ばかりを相手にしている頭でっかちの旗本。ギリギリの修羅場で命のやりとりをする火盗改の職務にはなんの興味もない、根っから役人体質。……それが、鉄三郎の知る森山孝盛という男だった。

だが、それもこれも、すべて鉄三郎の勝手な思い込みだったのかもしれない。

「一度《ひとたび》捕縛された科人を牢より解き放つことなど、到底あり得ぬ。……いや、あってはならぬのだ」

森山は言う。

「そんなことを許しては、天下の御政道が立ちゆかぬッ」

強い語調で言い放ちつつも、森山の満面には苦渋《くじゆう》が満ちている。

心になんの葛藤も躊躇もなくそう言い放てるほどには、森山も冷酷非情な男ではない。すべては、葛藤の末のことなのだ。

鉄三郎にも、その心情は痛いほど伝わってくる。

「いますぐ離れに突入して、賊を一人残らず捕縛せよ。逆らうようなら、容赦なく斬り捨ていッ」

「なりませぬ、森山様――いえ、お頭」

立ち上がり、繰り返し言い放つ森山の前へ、鉄三郎は素速く進み出た。進み出てその足下に跪《ひざまず》き、強い語調で言い募る。

「出過ぎるな、剣崎ッ」

森山は即座に一喝する。

紙のような顔色をしていながらも、己の意志をはっきりと表明する強い語調であった。

「これは、儂の問題だ」

と、傲然嘯《うそぶ》く森山は頑《かたく》なだ。

「儂が、儂の妻や子らをどうしようが、儂の勝手であろう」

「…………」

「儂の妻も子も、儂と縁をもったのが因果であった。ただそれだけのことだ」

言い放つ森山の目に暗い翳《かげ》りがあることを、もとより鉄三郎は見逃してはいない。

それ故、鉄三郎は、その目を真っ直ぐ見上げつつ、

「どうか、いましばし、お待ちくださいませ、お頭」

と、懸命に言い募る。

「いましばしお待ちくだされば、お頭の奥方様とお子様たちをお助けした上で、確実に賊どもを捕縛してご覧に入れます」

「それが、出過ぎた言い草だと言うのだ、剣崎ッ」

懸命に言い募る鉄三郎の言葉に、だが森山はなお一層激昂した。

「儂が、儂の妻や子を助けよ、などと一言も命じておらぬというのに、何故貴様がそれを口にするのかッ」

「…………」

「よいか、剣崎、いまなにより問題なのは、火盗改の頭であるこの儂の屋敷に賊の侵入を許し、我が物顔に居直らせておるという事実だ。もしこのことが世間に知られてみよ。よい物笑いの種になるは必定《ひつじょう》。天下の賊という賊は悉《ことごと》く、火盗改を怖れな

くなるであろう」

「それは、そうかもしれませぬが……」

森山の怒りを鎮めるため、鉄三郎は一旦言葉を止めた。闇雲に反論したのでは、森山の怒りの火に油を注ぐばかりだと気づいたためだ。

「それ故、我が妻子のことなど委細気にせず、直ちに離れへ突入し、悪人共を捕らえるか、殺すかせよ、と申しておるのだ、剣崎」

「いいえ、いけませぬ」

口調はゆるめながら、だが剣崎は激しく首を振る。

「もし此度のことで、奥方様お子様がたが命を落とされるようなことになれば、お頭はそのことを、きっと一生後悔なされます」

「後悔などせぬ」

「いいえ、なされます。或いは、そんなご自分を生涯許せぬ、とお思いになられるかもしれませせぬ」

「《鬼》とも《鬼神《きしん》》とも異名をとるそちが、なにをなま易しいことを申す。なにより悪を憎み、悪を殲滅《せんめつ》するためなら鬼となるのが、剣崎鉄三郎という男ではないのか」

「だからこそでございます」

剣崎はなお真っ直ぐに森山の目を見上げたままで主張した。

森山の語調からは、いつしか一時の激しさは失われ、ほぼ平素の口調に戻っている。

そのことに内心ホッとしながら、鉄三郎は言葉を続ける。

「我ら《剣組》は、悪人どもからは悪鬼羅刹《あっきらせつ》の如く怖れられ、世間からは鬼、外道《げどう》と誇《そし》られ、忌み嫌われておりまする。お頭の仰有《おっしゃ》るとおり、悪を滅ぼすためであれば、我らは鬼ともなり、外道にも堕ちまする。……ですが、もしここで、奥方様とお子様がたのお命を犠牲にするようなことになれば、お頭も、我らと同じ外道に堕ちまするぞ。それは、御本意ではあられますまい」

「…………」

森山は、遂に言葉を失った。

「お願いでございます、お頭」

そこへ、たたみ掛けるように鉄三郎は言い募る。

「どうか、ここは我らにお任せくだされませ」

「どうするというのだ？」

鉄三郎の強い視線をまともに受け止めながら、森山は問い返す。

鉄三郎はしばし瞑目してから、つと目を開け、事も無げな顔つき口調で言った。

「それがしが、人質になりまする」

「なにッ」

これには森山も絶句した。

まわりにいた与力、同心たちも口々に驚きの声を発する。

「それがしが、奥方様、お子様がたの代わりに賊の人質になりまする」

本気であるとわからせるために、鉄三郎は同じ言葉を繰り返す。

「し、しかし、剣崎……」

言いかけて、だが森山は言いづらそうに言い淀む。

火盗改方与力・剣崎鉄三郎。一名を、《鬼神》の剣崎。

その名は、蓋《けだ》し悪党どものあいだにも知れ渡っていよう。彼に恨みをいだく者も少なくない筈だ。実際、《鉄輪》一味の捕縛に当たっても、中心となって活躍したのは剣崎鉄三郎と彼の率いる《剣組》だった。

そんな鉄三郎が凶賊どもの人質になれば、無事ですむわけがない。或いは、仲間を火盗に召し捕られるか、殺されるかした者たちによって、なぶり殺しにされてしまうかもしれない。

そのことを口にしようかどうか一瞬迷った森山だったが、もとより、己が口にせずとも、剣崎自身が誰よりもよく、それを承知している筈だということに、ほどなく思い到った。

(死ぬ気か、剣崎)

黙って鉄三郎の顔に視線を注いだ。だが、固い決意の漲《みなぎ》る表情を見ていると息苦しさを覚え、思わず目を逸らさずにいられない。

「どうか、お聞き届けくだされませ」

「剣崎……」

己の身に起こるであろう運命もすべて承知の上で、身代わりの人質になると言う男の言葉を退けることが、この場合果たして妥当か。

森山孝盛は思案した。

だが、いくら思案しても、答えは出ない。彼がこれまで修めた学問の、どの書物のどの頁にも、その答えは記《しる》されていなかった。それ故、

「わかった。そちの好きにせい」

森山がそう答えるまでに、相応のときが要ったのもまた、致し方のないことだった。

第三章　暁《あかつき》まで

一

「《鉄輪》の敏吉一味の者共よ、聞けッ」

賊どもの立て籠もる離れの前、その濡れ縁までほんの数歩、間合いギリギリのところに立ち、鉄三郎は大声で呼びかけた。

ときは、戌《いぬ》の上刻《じょうこく》。暮六ツから降り出した雨は既に小雨となっている。湿った夜の空気が、一層あたりを澱《よど》ませていた。

森山家の離れは、家族の居住する母屋と役宅のあいだ、邸内で最も奥まったところにあった。建坪約二十坪。二間続きの簡素な造りだが、陽当たりを考え、濡れ縁は南向きに作られている。

表通りと接する外塀からはかなり隔てられているため、表の音は殆ど届かず、逆に離れで多少騒いでもその物音は表に聞こえない筈だった。そこまで承知した上で離れに立て籠もったのだとすれば、余程屋敷内の事情に精通した内通者がいるのだろう。

だが、鉄三郎は、いますぐその者が誰なのかを穿鑿《せんさく》しようとは思わなかった。賊を捕縛すれば自ずから知れることだ。

返事もなく、シンと静まったきりの建物に向かって、

「儂は、火付盗賊改方与力剣崎鉄三郎であるッ」

鉄三郎はひと息に名乗った。

その名乗りを聞いた途端、それまでシンと静まり返っていた暗い障子の奥から、低いどよめきが興った。

「剣崎」

「剣崎だと……」

部屋を明るくすれば即ち影が映り、外から飛び道具などで狙われるおそれがある。それ故明かりは、部屋の奥のほうだけに灯しているのだろう。

「本当に剣崎が来たのか？」

「剣崎ってあの、鬼の剣崎か？」

「剣組の鬼神」

「まじかよ」

仄暗《ほのぐら》い室内に、密《ひそ》やかな囁き声がひた走る。

「聞けい、賊どもよッ」

充分な手応えを感じつつ鉄三郎は怒鳴り、更にもう一歩、歩を進める。

近づくことで、より多くの情報を得ることができる。敵の人数、殺気の有無――それに敵の本気度だ。

「おう、そ、その剣崎が、いってぇなんの用だッ」

漸《ようや》く返答があった。

容易にその容姿を想像することができる類《たぐい》の濁声《だみごえ》である。

「仲間を解き放つ気になったのかよ」

「その件はしばし待て。一度罪を得て牢に捕らわれた者を、理由もなく解き放つことはできぬ」

「なんだとぉッ⁉」

「まあ、待て。なんとか理由をつけ、牢から出す。必ず出すから、しばし待てと言っておる」

「しばしってなぁ、いつまでだぁ？　こちとら、気の短けぇのが揃ってるんだ。そういつまでも待ってられねぇ」

「はっきりいつとは約束できぬが、一両日中には……」

「長ぇよッ」

濁声の男は焦《じ》れて喚《わめ》いた。

「そんなに待ってられっかよ」

「では、どうするというのだ？」

万一敵が飛び道具を用意していた場合に備えて、その間合いギリギリまで鉄三郎は近づき、問い返す。

「待っても、せいぜい明日の朝までだ。朝までに仲間を牢から出せねえときは、てめえらの頭《かしら》の女房とガキどもが死ぬことになるぜぇ」

「待てぃ」

濁声の言葉を一旦制して、

「なれば、これより儂がうぬらの人質になる故、直ちに女子供を解放しろッ」

と言い放った。

え？

という小さな驚きのあと、
おおッ
本気か？

剣崎の名を聞かされたとき以上のどよめきが、暗い障子の奥から迸《ほとばし》ってくる。

「てめえ、本気か？」

「本気だ。それ故、うぬらもとくと考えよ。無力な女子供の命を質にとるのと、火盗改の与力を虜《とりこ》にいたすのと、どちらが得策か。……万一ことが成らず、人質の命を奪うことになったとしても、か弱き女子供の命を奪うのと、憎き火盗改の与力の命を奪うのとでは、全く意味が違う。女子供を殺してもうぬらの負け戦《いくさ》に変わりはない。だが、この儂を殺せば、多少はうぬらの溜飲も下がろう、というものだ」

朗々《ろうろう》と長広舌をふるったあとで、鉄三郎はしばし、沈黙した。

賊どもに、充分考える時間を与えたのである。

しばしときを待ってから、

「万一儂の申し出に応じぬ場合は、致し方ないので、これより配下を率いて突入する。刃向かう者は、容赦なく斬る」

この上なく冷ややかな口調で鉄三郎は言いはなった。

これには賊も一瞬間沈黙するしかなかった。しかる後、気を取り直して、

「な、なに言ってやがんだッ。こ、こっちには、森山の奥方とガキどもがいるんだぜ。てめえらが入ってきやがったら、こいつらをぶっ殺すだけだ」

「ああ、殺すがよい」

言い返してきた濁声の思考がまともに働く前に、鉄三郎は即答した。

「うぬらが儂の申し出に従わぬ場合は、委細儂の――この剣崎鉄三郎の好きにしてよい、という許しを、お頭の森山様からいただいているのだ。その意味がわかるか？」

「…………」

「賊どもが――つまりうぬらが、どうしても言うことをきかぬようであれば、離れに火をかけ、お頭のご家族もろとも、うぬらを焼き殺してもよい、という許しを得ているのだ、儂は」

「ば、馬鹿な……」

と口走ったのは、濁声の代表者だけではない。

「女房と子供を見捨てるっていうのかよ……」

離れに潜む全員が、ほぼ同時に口走っていた。

鬼与力・剣崎鉄三郎の名を知らぬ盗賊など、おそらくもぐりだ。そして、剣崎の名

を知る者であれば、即ち、やりかねぬことだと思い、怖《お》じたのだ。

「まだ、わからぬのか。うぬらが人質だと思っている者たちには、人質の意味がないのだ」

鉄三郎は傲然と嘯《うそぶ》き続けた。

「意味がなくなった以上、うぬらの命の保障など、どこにもない。うぬらは、あろうことか火盗改の役宅に侵入するという大罪を犯した下手人《げしゅにん》として、一人残らず、ここで消えてもらわねばならぬ」

相手の恐れを見越した上で、鉄三郎はなおも脅し文句を述べ続ける。

ここは一気にたたみ掛けて脅しに脅し、賊どもの思考を徹底的に削ぐことだ。

「うぬらの一人《いちにん》たりとも、生かして屋敷の外へ出すわけにはゆかぬ。出せば今後火盗改は天下の笑いものとなる。そんなことはできぬ。お頭は苦渋の決断をなされた。即ち、火盗改の面目を保つため、大切なご家族のお命を犠牲にする、という決断をな。それ故、最早うぬらに逃れる術《すべ》はないのだ。……だが、うぬらの中には既に後悔している者がおるかもしれぬ」

「う、うるせぇッ。そんなヤワな野郎は、一人だっていやしねえよ」

濁声が、再び勇をふるって怒鳴り返した。おそらく、彼が一味の頭なのだろう。ここで少しでも弱みを見せては、この先手下を束ねることが困難になる。そう思って、必死に言い返してくるのだ。精神的には、彼とて充分追いつめられている筈だ。

「さあ、それはどうかな。我らが本気で突入すれば、うぬらなど、半刻とかからず全滅させられるのだぞ。……捕縛ではなく、制圧でよいのだからなぁ。血も涙もないと言われる我ら剣組の常道よ」

鉄三郎は冷たく嘲笑《あざわら》った。

「だが、それではうぬらも憐れ故、ときを与えようと言っておるのだ。森山様の奥方様お子様方を解放する代わりに、この儂を虜《とりこ》にできるのだぞ。これほどの好条件を無にするのであれば、うぬらは余程の阿呆《あほう》よのう。……ご家族が無事に戻れば、或いは森山様のお気持ちも変わるかもしれぬ。うぬらの処遇も、考え直していただけるかもしれぬぞ」

「…………」

返事はなかった。

一旦足を止めたその場所で、鉄三郎はしばし天を仰ぎ、しかる後瞑目した。

夕刻からの雨は、いつの間にかやんでいた。顔に降りかかる雨水を振り払いざま、

「これより、そちらに参る。もとより、刀はおろか、身に寸鉄も帯びぬ丸腰で、だ」

鉄三郎は告げた。

そして歩を進めた。

飛び道具で狙われる心配は要らないということは、離れの屋根の上に配置された寺島靭負からの合図によって明らかとなった。

数歩踏み出し、濡れ縁のすぐ前まで達したところで、

「この野郎、なめやがって！」

不意に、障子が開け放たれた。

開け放たれた障子の中から、瞬時に複数の——ざっと十数人の男たちが飛び出してくる。

「畜生ッ」

「ぶっ殺してやる」

「仲間の恨み、思い知れッ」

「剣崎、この野郎ーッ」

口々に罵《ののし》りながら飛び出してきた男たちによって、その刹那《せつな》鉄三郎の体はガッチリ拘束された。羽交《はが》い締めされると同時に鳩尾《みぞおち》に一撃食らい、その直後腰のあたりを激しく蹴り飛ばされた。

「んぐぅ……」

懸命に堪《こら》えてはいたが、それでも鉄三郎の口からは、低い呻き声が漏れた。

屈強な鉄三郎の肉体は、案外あっさり賊どもの手におち、仄暗い離れの中へ易々と招じ入れられた。

一刻が経ったか。

それとも、未だ半刻あまりか。鉄三郎は意識を失っていたらしい。それがどれほどのあいだのことであったか、意外にわからぬものだなと思い、鉄三郎は内心苦笑した。どうやら四肢を厳しく縛り上げられているようで、ろくに身動きもできない。

先刻、離れの濡れ縁の前で、賊どもに拘束された。

それから甚《はなは》だしく殴られ蹴られ……と、一頻《ひとしき》りの暴行を受けた。容赦のない暴力であったが、実はそれほどの痛手は被《こうむ》っていない。武術の修行をしたわけでもない素人の暴力など、的確に急所を突いてこないため、たかが知れている。鍛え抜かれた鋼の体にはなんの影響もない、といっていい。

だから、嵐のような暴力を日頃の鍛錬で受け流した鉄三郎は、最早青息吐息の風情を装い、奴らの足下に倒れ伏せていた。あくまで、装っているつもりであった。

「なんでぇ、鬼の剣崎とやらも、存外他愛ねえな」

濁声の男が、倒れた鉄三郎の頭上で傲然嘯いた。チラッと目を上げて確認すると、想像どおり、野太い眉に狡賢《ずるがしこ》そうな金壺眼《かなつぼまなこ》、満面髭面《ひげづら》の凶悪人相だった。

その凶悪人相が、

「わざわざてめえから飛び込んでくるたあ、つくづくおめでてぇ野郎だぜ」

ニヤリと嗤《わら》って言ったとき、何故か鉄三郎の視界が揺らいだ。

素人による暴行ではあったが、なにしろその人数が半端ではない。さすがに打ち所が悪かったのだろう。凶悪人相の男の顔を確認した直後、不覚にも意識を失った。

果たしてそれから、どれくらいのときが経っているのか。

十畳ほどの室内に、獣のような異臭が満ちていた。室内にいる賊の人数は、およそ二十数人。息遣いも獣のようだった。

うっすら目を開けると、遠くに仄暗い行灯《あんどん》の明かりが見えた。

(まだ一刻は経っておらぬ筈だ)

暴行を受けていたあいだ、鉄三郎はそれとなく室内の様子を確認している。

二間続きのその奥の部屋に、森山の奥方と三人の子供たちが捕らわれており、専属の見張りが三名つけられていた。縛られてはいないが、見張りの手には常に刃物が握られている。

　森山の子供たちは、長男の源太郎《げんたろう》が十一歳、次男は七歳、末の娘にいたっては僅か四つの幼女であった。十一歳の源太郎は、一応道場には通っていようが、父に似て学問のほうが得意そうな線の細い少年である。剣崎の顔を見れば、「儂のようになっては困るから、たまには稽古をつけてやってくれ」と森山は言うが、もとより本気にしたことはない。そんな暇もなかったし。

（やはり、奥方と子らを解放させることはできなんだか）

　奥の間の様子をそれとなく窺いつつ、鉄三郎は思った。

　身代わりになる、とは言ったものの、鉄三郎とて、本気で賊どもが森山の家族を解放すると思っていたわけではない。たとえ己が、人質の交換を申し入れたとしても、賊がそれに従わないということくらい、はじめからわかりきっていた。土台、真っ当なことが通じる相手ではないのだ。

　それを承知で、鉄三郎が自ら人質を志願したのは、自ら賊どもの中に身を投じたかったからにほかならない。賊の虜となり、無力な存在として離れの中に入り込むことこそが、鉄三郎の真の目的であった。

　一つには、中の様子を把握しておきたかった、ということがある。

「そういうことなら、俺が行きます。なにもお頭が行くことはねえでしょう。第一、お頭をそんな目にあわせるわけにゃいきません」

「そうです。お頭には外で皆の指揮をとっていただかないと。……篤兄じゃ、賊が警戒するでしょう。人質には私がなります。私なら、この見た目ですから、賊も警戒しません」

篤と寺島は口々に言い、鉄三郎を止めようとした。だが鉄三郎は首を振り、

「いや、ここは俺でなければ務まらぬ」

断固として主張した。

「鬼剣崎を質にとれば、それだけで奴らは油断する。油断して、何《いず》れ隙を見せる。そのときを待つのだ」

「けど、お頭――」

「危険すぎます」

「それは、お前たちの誰が行っても同じことだろう。奴らにとっては殺しても飽き足らぬほど憎い火盗改だぞ」

鉄三郎は口の端を弛めて薄く笑い、

「指揮など、その気になれば、どこにいてもとれる。だが、お前たちは、俺にとって

の刀であり、弓矢や槍だ。大切な武器が敵の手中にあっては、いざというとき、ものの役に立たぬではないか」

と言い聞かせた。

「そのときがきたら、俺は必ず、お前たちに合図を送る。どのような形になるかはわからぬが。それ故お前たちは、決してその合図を見逃すな」

「は、はい」

「承知いたしました」

筧と寺島は不承不承に肯《うなず》いた。

(あやつらを納得させるためにそうは言ってみたものの、この有様では果たしてどうなることか……)

なんとか身動《みじろ》ぎしようと試みるが、きつく結ばれた荒縄の締め付けがそれを許さない。

思いきって寝返りをうつことはできるかもしれないが、そうすると、鉄三郎の意識が戻ったことを賊どもに知られてしまう。できればそれは避けたい。何故なら、鉄三郎の意識が戻ったと知れば、彼らは再びの暴行に及ぶかもしれず、如何に素人の暴力とはいえ、肉体にこれ以上の痛手を被《こうむ》ることは、できればご免被《こうむ》りたかった。

それ故、鉄三郎は一旦あけた目をすぐに閉じて、ひたすら五感を研ぎ澄ませた。

賊どもは、外から飛び道具で狙い撃たれることを恐れ、濡れ縁に面した部屋には明かりを灯していない。

奥の間に細々と行灯を灯しているのは、幼児が怖がって泣かぬよう配慮してのことだろう。盗んでも殺さぬ《鉄輪》の敏吉一味の手下には、手下を庇って命を落とした頭同様心優しい者もいるようだ。

用心のため、床の間の上部の花頭窓《かとうまど》には黒い覆いがかけられ、外に明かりが漏れないようにされていた。

（なかなか用心深いな）

鉄三郎は内心舌を巻いている。

最前確認した仄暗い行灯と自分の置かれている場所との距離を考えると、おそらく鉄三郎がいるのは、濡れ縁側の部屋——それも、かなり障子に近い場所だ。

既に雨はあがっているが、耳を澄ませば、雨水を含んだ枝葉のそよぐ音が微かに聞こえた。

（俺を、質として最大限に利用しようと考えたならば、当然そうなる）

森山が、己の家族の命を気にせず、突入せよ、と命じたということを、賊どもには伝えてある。半信半疑ではあろうが、一応用心はするだろう。

もし突入があるとすれば、それをおこなうのは、蓋《けだ》し命知らずの《剣組》にほかならない。彼らを牽制するために、賊は鉄三郎の体を盾にするつもりだ。

（それにしても、問題はこの縄だ。……これは容易に解《ほど》けぬぞ）

僅かでも身動《みじろ》ぎしようとすれば、縄目が体に食い込んで痛い。相応に痛めつけられた体には、それがなかなかに辛かった。もしこれが並の男であれば他愛なく泣き声を上げてもおかしくないくらいの苦痛である。その苦痛に、さしもの鉄三郎も辟易《へきえき》していた。

二

「なぁ、どうなるんだよ、これから？」

「わかんねえよ、そんなこと」

「本当に、こっから生きて逃げられるんだろうな？」

「だから、俺に聞くなって」

「だいたい、これじゃ話が違い過ぎるじゃねえかよ」

「でも、孫《まご》さんは絶対逃げられるって言ってたぜ」

「ああ、鬼の剣崎を人質にとったしな」

「でも、森山って奴はてめぇの女房やガキを殺されてもいい、って言ってんだろ」

「そんなの、剣崎のでまかせかもしれねぇだろうが」

「なぁ、そんなことより、腹へらねぇか？」

「てめえ、こんなときになに言ってやがる」

「だって、しょうがねえだろ。腹へってんだから……」

「俺も腹へったぜ」

「俺もだ」

賊どものひそかに囁き合う声音が蠅《はえ》の羽音の如き音量で聞こえてくる。

だが、その密やかな囁きの静寂を破り、

「なあ、孫さんよ」

突然普通の声音で話しだす者がいた。

「なにか食い物持ってこい、って火盗の奴らに要求したほうがいいんじゃねえか？

みんな、腹がへってるみたいだぜ」

「馬鹿言え。飯なんて、とんでもねえやッ」

濁声の怒声が、忽《たちま》ち室内に響き渡り、どの男も一様にビクリと小首を縮める。

「なんでだよ」

「そんなこともわかんねえのか。飯ン中に、なにか一服盛られたらおしまいだろうがッ」

「どっちにしても、もうおしまいなんじゃねえのかよ」

話しかけた男が、不貞腐《ふてくさ》れた口調で言い返すと、

「なんだと？　そりゃ、どういう意味だ、島次《とうじ》」

濁声の口調からも闇雲な怒りが消え、窺うような気色が滲む。

「どっちにしても、もう逃げられねえんじゃねえか、って言ってんだよ」

「なんだと、てめえッ」

「だってそうだろうがよ。頭の森山が、女房やガキを殺されてもいいから、俺たちを皆殺しにしろ、って命令したんだから、逃げられるわけねえだろうがよ」

島次と呼ばれた男は濁声の恫喝《どうかつ》に臆することなく、平然と言い返す。すると、

「ああ、そのとおりだぜ」

「誰かさんの口車にのせられて、このざまだ」

島次の言葉に和する者が現れた。

「うるせぇ、てめえらぁッ」

濁声が、彼らを一喝し、

「かみさんとガキが駄目でも、鬼の剣崎がいるだろうがよッ」

大得意で言い返す。が、

「けっ、鬼剣崎がなんぼのもんだってんだ」

あっさり島次に一蹴された。

「女房子供の命さえあっさり見捨てるような野郎が、なんで赤の他人の剣崎を助けようなんて思うんだよ。馬鹿か、てめえは」

「なんだとぅ、この野郎ッ。てめえ、それ以上ぬかしやがると、ただじゃすまねえぞ」

「おう、だったら、どうしてくれるってんだよ、孫二郎《まごじろう》ッ」

「てめえぇ〜」

「やるか、おらぁ」

まさに一触即発。

睨み合った二人の利き手はそれぞれ己の懐へ突っ込まれている。そこに得物を呑んでいるからに相違なかった。

「おいおい、やめろよ、二人とも」

間一髪《かんいっぱつ》、というところで、第三の男が立ち上がり、二人のあいだに割って入った。

声の感じからすると、二人よりはやや年嵩《としかさ》で、年齢相応に落ち着いた気性の人物のようである。

「ここで仲間割れしてどうすんだよ、島次」

と、先ず焚きつけたほうの島次に向かって言い、

「それに孫さんも。仮とはいえ、いまはお前が俺たちの頭なんだぜ」

更に宥める口調で孫二郎に言った。

「虎兄《とらにい》……」

「《三隅《みすみ》》の兄弟にそう言われちゃ、一言もねえぜ」

島次と孫二郎は交々《こもごも》と、そして気まずげに言い返す。

「だいたい、さっきから、黙って聞いてりゃあ、なんなんだ、島次。なんとしても《鉄輪》のお頭を助けようって誓ったことを忘れたのか？」

「わ、忘れてねぇよッ」

強い語調で島次は言い返す。

「忘れてはねえけどな、そもそも孫二郎がお頭気取りで俺たちにあれこれ指図してく

ること自体、俺は気に入らなかったんだよ、虎兄」

「なんだと、島次、てめえ！」

「堪《こら》えろ、孫二郎——」

島次の言葉に即反応する孫二郎を、虎兄は懸命に抑え込んだ。

「いまは島次に、言いたいことを言わせてやれ。俺たちはいま、同じ舟に乗っているんだぜ」

「けどよう、虎兄——」

言い返そうとする孫二郎の口許《くちもと》へ、虎兄と呼ばれる人物は掌《てのひら》をあててその言葉を制する。

すると島次は、

「俺はてめえを、お頭だと認めたことなんぞ一度もねえからな、孫二郎」

得たりとばかりに更なる暴言を吐き出した。

「くそっ、島次、てめえ今更なに言ってやがんだ」

虎兄に発言を止められながらも、堪えきれずに孫二郎は口走るが、一度堰《せき》を切った島次の言葉は止めようがなかった。

「だいたい《鉄輪》のお頭は、なにより殺生を嫌うお方だ。こんな乱暴なやり方を、お許しになるはずがねえ」

「馬鹿か、てめえは。お頭だって人の子よ。てめえが助かるためなら、日頃お題目みてえに唱えてるきれい事なんぞ、屁《へ》とも思わねえよ」

「お頭はそんなお人じゃねえ。そもそも、お頭のお人柄もよくわからねえで、よくこんな無茶な計画たてやがったな、てめえ」

「ああ、さすがにてめえはお頭のお人柄とやらをよくご存知だ。《鉄輪》のお頭も、確かにおめえのことを一番可愛がってたからな。だがな、島次、だからといって、お頭は後継ぎにおめえ指名したわけじゃねぇ」

濁声の孫二郎が、勝ち誇ったように言うと、

「…………」

島次は言葉を失うしかない。

今度は孫二郎のほうがたたみ掛ける。

「だいたいおめえは、《鉄輪》のお頭がお縄になったとき、お頭のお側《そば》にもいなかったじゃねえか」

「…………」

痛いところを突かれているとみえて、島次は最早言われるがままだ。

「俺は、いたんだぜ」

少しばかりの優勢を笠に着たのか、胸を反らして孫二郎は嘯《うそぶ》いた。

「お頭が捕らえられる直前の言葉を聞いたのもこの俺だけだ。だからこそ、こうしてお頭をお助けするために事を起こしたんじゃゃねぇか」

俯《うつむ》いた島次は言葉を返さず、そのままその場に腰を下ろした。

雌雄が決したことを、察したのだろう。

ざわついていた他の者たちも、それからすっかり、静かになった。

静かになったおかげで、鉄三郎の思考も徐々に定まる。

（どういうことだ？）

鉄三郎は闇の中で首を捻る。

（《鉄輪》のお頭がお縄になった、だと？）

孫二郎と島次のやりとりは勿論、鉄三郎は賊どもの交わし合う言葉の一言まで聞き逃すことなくすべて聞いた。身動きもできぬほど縛りあげられているため、いやが上にも聴覚は研ぎ澄まされる。

（こいつら、《鉄輪》の敏吉が生きていると思っているのか？）

《鉄輪》の敏吉は、先年一味捕縛の際、手下を庇って命を落とした。もとより鉄三郎はその場に居合わせた。賊ながら、あっぱれな最期だとも思った。

敏吉は死に、その場に居合わせた手下は全員捕縛された。

（いや、一人だけ、逃れた者がいる）

敏吉が庇った手下である。

敏吉が自らの命と引き替えにしてあの場から逃がしたのだ。

（すると、孫二郎という男が、あのとき逃げた賊か）

大勢の手下を抱える盗賊団では、一味の全員が一度に同じ盗みに参加するとは限らない。

狙いをつけた複数のお店のことを同時進行で調べ、最も忍び入り易く、最も大金を隠していると思われるお店を選んで盗みに入る。その際、あまり大勢で行っては人目につき易いため、敢えて小人数でおこなうこともある。

先年捕縛された《鉄輪》一味の手下は全部で六人だった。敏吉と、逃げた孫二郎を入れてもその総勢は八名。一糸乱れず行動することのできるギリギリの人数だ。

そもそも敏吉はこっそり忍び入り、こっそり盗み出す盗っ人であるから、少数のほうが素速く動ける。

当然、このときの盗みに参加していない者たちは捕らわれることもない。

お頭が死んだ、と聞けば、或いは江戸を逃げ出す者もあるだろう。或いは、他のお頭の一味に参入してしまう者もいるかもしれない。お頭の跡目を狙っていた孫二郎は、そうさせぬため、残った一味の者たちには敏吉の死を伏せ、「お頭は火盗改に捕らえられた」と、告げたに違いない。そして、「お頭を牢から救い出そう」と唆《そそのか》した。

それ故、彼らは今回の暴挙に及んだ。

賊どもが口々に交わし合う言葉から、鉄三郎はいくつかのことを察することができたが、中でも最も重要なのは、これだけの大事を引き起こしている《鉄輪》一味残党の内情が、必ずしも一枚岩ではないということだ。

森山邸に侵入してこの離れに立て籠もり、森山に対しての要求を出す際、孫二郎は、本来ならば、

「小伝馬町《こでんまちょう》に捕らわれているお頭の敏吉を解き放て」

と言うべきところ、

「小伝馬町に捕らわれている仲間を全員解き放て」

と言った。

もしそこで敏吉の名を出していたら、「なにを馬鹿なことを。敏吉は死んだではないか」と、火盗改の口から知らされてしまうおそれがあったからだ。それ故、「仲間」

という言葉で辛《から》くも誤魔化した。孫二郎にとっては最大の賭けであった筈だ。

もし一味の中に多少なり知恵の働く者がいれば、孫二郎のこの言い様に不審をいだいたことだろう。

だが、いまのところ彼らの多くは、自分たちがしでかしていることのとんでもなさに興奮していて、冷静な思考のできる者など、一人もいない。孫二郎を敵視している島次でさえも、ただ孫二郎に対する不満を募らせているだけで、彼が秘匿している真実には全く気づいていないようだ。

とはいえ、現在一味の頭然とふるまっている孫二郎も、どうやら《鉄輪》一味の正統な後継者ではない。

「お頭が一番可愛がっていた」という孫二郎の言葉どおりなら、敏吉は、島次こそ自らの後継者に、と望んでいたのかもしれない。或いは、孫二郎もそのことを知っていた。

(それ故にこそ孫二郎は、敏吉が命を落とすよう仕向けたのではないのか?)

そこまで思い至ったとき、《鉄輪》一味のあの夜の押し込みは、一通の密告状によって知らされたものであったことを、鉄三郎は思い出した。

日に何十通も投げ込まれる密告状の内容など、殆どがニセ情報だ。通常は相手にしない。

だが、その投げ文については、何故か手放しに信用していいような気がした。理由などない。ただの勘だ。

それと、《鉄輪》の敏吉という盗っ人に対する、鉄三郎自身の興味だろう。

いまどき珍しい、殺生をしない盗賊。先代の頭である長谷川は常々、そういう稀有《けう》な盗賊に巡り逢ったときは、たとえ相手が盗っ人であろうと、それなりの礼を以て遇しなければいけない、と言っていた。

盗みは悪だが、殺さぬということは、それだけで大いなる善なのだ、とも。

そんな稀有な盗賊に、鉄三郎も一度はお目にかかってみたい、と思った。それ故の、出動だった。

投げ文にあるとおり、日本橋高砂町《たかさごちょう》両替商松島屋《まつしまや》の前で子《ね》の刻《こく》前から見張っていると、丑《うし》の上刻過ぎに、一味は現れた。すべてが、投げ文に記されていたとおりであった。

(間違いない)

鉄三郎は確信した。

孫二郎は、手下を己の家族の如く思い、一人とて犠牲にしたくない敏吉の心根を逆手にとり、故意に彼を窮地に追い込む絵図面を引いたのだ。密告の投げ文は、孫二郎の仕業《しわざ》に相違なかった。

そして孫二郎の思惑どおりに火盗改は現れ、一味を捕縛した。手下思いの敏吉は、せめて己の右腕である孫二郎だけでも逃がそうと思い、無謀にも火盗改の同心に立ち向かった。そして、斬られた。

そこまで思い至ったとき、鉄三郎は故もなく悲しくなった。

まぎれもなく、敏吉は立派な頭である。盗賊とはいえ、その心根は直《す》ぐなものだった。

だが、その立派な頭の最期が、遺された者たちには正しく伝わっていない。それ故にこそ、斯様《かよう》な事態を引き起こしている。

そのことが、鉄三郎の心を悲しくさせ、また真の悪人である孫二郎への憎しみを掻き立てさせた。

三

「畜生、腹へったなぁ」

「ああ、へったなぁ」

「蕎麦《そば》でも食いたいな」

「俺ぁ、稲荷《いなり》寿司がいいな」

「俺はふかし芋《いも》でいいや。手っ取り早く腹が一杯になる」

賊の手下どもは、相も変わらず囁き交わしている。

「だいたい約束が違うじゃねえか」

「火盗改の頭の屋敷に押し入って、無事にずらかれば、盗っ人として箔《はく》がつく、って孫さんが言うからよう」

「すぐに済む、って言ってたのに、ここへ来てからもう半日だぜ」

「おい、やめろよ。孫さんに聞かれたら、ただじゃすまねえぞ」

「なんだよ、文《ぶん》の字、つまんねえこと言うなよ」

「そうは言っても、孫さんは、いまは俺たちのお頭だぞ」

「いやだなぁ」

「俺は島次兄《あに》いのほうがいいなぁ」

「俺もだ。だって、島次兄いのほうが優しいもん」

「おい、やめろ、てめえら」

つと、叱る口調で割って入る者がある。

「本当に、孫さんに聞かれたら、どうするんだ？」

「いいよ、島次兄いについてくから」

「俺も島次兄いについてく」

そいつに叱られても、なお屈せず言い返す者がいた。

「島次兄いなら、俺たちにこんなひもじい思いなんかさせねえからな」

「そうだよ。島次兄いに頭になってもらえばいいんだよ」

「おい」

鉄三郎はふと声をかけてみた。

「…………」

その瞬間、男たちは言葉を止め、沈黙する。どの男も、緊張で固く体を強張《こわば》らせ、顔を引きつらせている。

「お前たち、そんなに腹が減ったなら、飯を持ってくるよう、火盗改の者に要求するがいい」

「え……」

「そんなに腹が減っていては、ろくに動けまい。火盗改が不意に踏み込んできたとき、どうする？」

「どうするって……」

「わかんねえよ、そんなこと」

島次についていきたい、と言っていた賊の何人かは、容易《たやす》く鉄三郎の言葉に答えた。

孫二郎がすぐ近くにはいない証拠であった。

「兎《と》に角《かく》、いまのうちになにか腹に入れておくことだ。要求すればすぐに温《あたた》かい握り飯と味噌汁《みそしる》が来るぞ。この家の味噌汁は美味《うま》いぞ。なにしろ、出汁《だし》がいい。上等の鰹節《かつおぶし》でとった出汁など、お前たち、食したことはあるまい」

鉄三郎の言葉が未だ言い終えぬところで、ゴクリと生唾を呑み込む者が多数いた。次いで、ぐぅーッと腹を鳴らす者も。

「いや――」

生唾を呑み込んで鉄三郎の言葉を聞いていた者たちは、だがつと我に返り、

「そんなこと、孫さんが許すわけねえや。……だって、その飯に一服盛られるかもしれねぇだろ」

孫二郎の言葉を思い出し、辛うじて言い返す。

「ならば、儂に毒味をさせればよかろう」

すかさず、鉄三郎も言い返した。

「そう言って、飯を持ってこさせるよう、お前たちのお頭に進言したらどうだ？　お頭だって、腹は減っていよう」

「なるほどねぇ」

感心したような言葉の囁き主は、聞き覚えのある声音だった。

「島次兄い」

鉄三郎の予想に、手下の一人が答えてくれる。

「そういうことなら、孫二郎も文句は言わねぇだろう。……兎に角、こう腹が減ってちゃ、どうにもならねぇ」

島次が己のすぐ身近にいたと知った瞬間、鉄三郎はふと目を開けて声のするほうを見た。歳の頃は三十前後。或いは、もっと若いか。拾われた子犬の如く可憐な容貌の男だった。

（こやつが、島次か）

鉄三郎は絶望的な心地に襲われた。

頭の命を犠牲にしても逃げ延びた孫二郎の奸悪さに比べて、島次のこの他愛のなさはどうであろう。

（これでは到底、孫二郎に太刀打ちできぬぞ）

鉄三郎が心中密かに危ぶんでいるとは夢にも知らず、島次はその場から、

「なあ、孫さん、飯に毒を盛られても、鬼剣崎に毒味させりゃいいんだ。飯を持ってこさせようぜ」

明るい声音で孫二郎に呼びかけた。

「このままじゃ、みんな飢えちまう」

「それはそうだが……」

「な、いいだろ、孫さん」

「うう…ん」

孫二郎とのあいだに、なお些《いささ》かの押し問答はあったものの、結局最後は孫二郎も折れた。空腹なのは、彼も同じであった。

要求が為されて半刻とたたぬうちに、人数分の握り飯が運ばれてきた。

「いやに早過ぎやしねえか？」

疑り深い孫二郎がそんなことまで訝《いぶか》るので、

「その飯は、おそらく、いま邸内にいる火盗の同心たちのために炊かれたものだろう。

ときが経てば腹が減るのは皆同じだからのう」

と鉄三郎は説明した。

「そこへ、お前たちから飯の差し入れを要求されたため、こちらを優先したのだろう。こちらには、奥方様やお子様たちもおられること故――」

「ふん、そんなもんかね」

多少の不満を残しつつも、握り飯を一口食べた鉄三郎を暫《しばら》く観察していたが、なんともないと見て取ると、孫二郎が真っ先に貪《むさぼ》り食った。食いつつ、

「おい、全員一遍に食うんじゃねえぜ。順番に食えよ。……食ってるところに踏み込んでこられちゃかなわねぇからな」

一同に命じることも忘れない。

(用心深い奴だ)

鉄三郎は内心呆れている。

孫二郎が訝ったのも道理で、おそらくその飯は、賊どものために用意されたものだろう。こうした事態が起こった場合、長期戦に陥った際の常道である。先ず、飯を差し入れてやる、と持ちかける。人質がいなければ飯に直接薬を盛ることも可能だが、人質がいる場合、その手は使えない。人質に毒味をさせるに決まっているからだ。飯

の受け渡しの際を狙って突入する、という手段も、この場合同様の理由で使えない。

あとは、孫二郎も口にしたとおり、賊どもが飯に夢中になっている隙を突くという手もあるが、こう用心深いのではおそらく無理だ、と外の者たちも察した筈だ。

それ故、万が一にも気づかれるおそれのない、最低限の仕掛けだけを握り飯に施した。台所方に飯の支度を命じたのは、おそらく、その種のことには機転の利く寺島靭負だろう。

無理矢理一口食べさせられた握り飯の塩気がやや強いように感じられたとき、鉄三郎はそう察した。

空腹の極限にある《鉄輪》一味の賊たちは気づくまい。その程度の、極めて微妙な塩加減だったが、彼らの喉《のど》が早めに水を欲するよう仕向けるには充分だ。

（《姫》は相変わらず芸が細かい）

心の中でだけ、鉄三郎は笑った。

寺島靭負。歳は確か、筧篤次郎より二つ三つ下の筈だが、生みの母に幼くして死に別れ、側室の子として苦労したためか、人の顔色を読むことに長《た》けている。そのため、容易に人を信じぬところもあるが、一度信じればどこまでも底無しに心を許す。おそらく、いま寺島が心を許す相手は、鉄三郎と剣組の者たちだけだろう。

(だが、こうした細《こま》かき策の積み重ねこそが肝要なのだ)

その教えは、そもそも鉄三郎自身が、長谷川宣以から授かったものだ。長谷川の教えを、鉄三郎は、自ら鍛えた剣組の同心たちに叩き込んだ。教えは確実に受け継がれている。

(奴らがいる限り、なんとかしてくれる筈だ)

鉄三郎の胸には大いなる希望が湧いていた。

四

「な、なあ、剣崎さん」

耳許に低く囁かれ、鉄三郎はつと我に返る。

眠っていたわけではない。職務柄、何日かは寝ずにいられる訓練を積んでいる。ただ、いつなんどき訪れるかわからぬ修羅場にそなえて体を休めておきたいときは、極力四肢の緊張を解くため、なにも考えずにぼんやりする。

そんなぼんやりした状態のときに声をかけられて、鉄三郎は内心驚いたが、さあらぬていで、

「なんだ？」

囁き返した。

室内は、かなり静まり返っている。私語を交わす者も全くいないわけではないが、極めて稀だ。

それというのも、差し入れの握り飯を食べたことで、皆、急な睡魔に襲われたのだろう。

「交替で寝るしかねえな」

孫二郎は言い、こと細かにその指図もした。

それ故、いまこの離れの室内で起きている者は、およそ半数だ。二十数人の半数。つまり、十数人だ。十数人の男が思い思いの姿勢で寝転がっているため、室内は最早足の踏み場もない状態だった。

しかも、交替で番をするよう命じられて起きている者たちの中にも、ついうとうとしてしまう者は少なくないようで、寝息や鼾《いびき》は、部屋のあちこちから聞こえていた。

握り飯の中には、眠り薬のようなものは入れられていなかった。極度の緊張がほぐれたために起こったことだろう。

なにしろ、火盗改の役宅に侵入し、人質を取って不法占拠するというだいそれた真似をしでかしたのだ。緊張して当然だ。

　鉄三郎は闇に目を凝らし、囁きかけてきた男の顔を見返した。

　年の頃は三十前後。凶悪さも粗暴さのかけらもない、至極平凡な人相の男だった。観音様の縁日に行けば、何度でも出会いそうな男である。鉄三郎をじっと見つめた瞳には一途《いちず》な恐怖の色だけが漲《みなぎ》っていた。

「も、森山ってお頭、本当に、女房や子供が殺されてもいいから俺たちを皆殺しにしろ、って言ったのかい？」

「…………」

「俺たち、本当に殺されるのか？」

「このまま、ここに立て籠っておれば、何《いず》れそうなる」

　極めて無感情に鉄三郎は応じた。

「森山様は、できるだけ早めに事《こと》を収めたいとお考えだ。いまごろは、突入にそなえて、非番の同心たちも呼び集めていることだろう」

「…………」

「死にたくなければ、すぐに降参するのだな。得物を捨て、神妙にお縄につけばよい」

「けど、もしお縄になったら、俺たち、死罪じゃないのか？」

　男の囁き声は忽ち震えを帯びる。

「神妙にお縄につくなら、お前たちはこれまでお店に押し込む際にも人を殺めていないし、せいぜい追放か遠島……運がよければ敲《たたき》くらいですむかもしれぬ」

「ほ、本当かい？」

「死罪になる覚悟で、こんなだいそれた真似をしでかしたのではないのか？」

　鉄三郎がやや呆れ気味に問い返すと、

「や、やっぱり、死罪なのか」

　そいつはまたもや声を震わせる。

「死罪が怖いのに、何故このような企みに加担したのだ？」

「な、何故って…そりゃあ、世話になった《鉄輪》のお頭を助けたかったからだよ。でも、死罪はいやだ」

　そいつの声音は、更に激しく震えている。

　これ以上震えさせるとさすがに周囲に気づかれると思い、鉄三郎は話題を変えることにした。

「《鉄輪》のお頭は、本当に情け深いお人だったのだろうな」

しんみりした口調で鉄三郎が言うと、そいつの口からは忽ち啜り泣きの声が漏れた。いや、そいつ一人ではなく、そいつの近くにいた数人の者たちからも……。皆、そいつと鉄三郎の囁き交わす言葉を盗み聞いていたのだ。

「おい、孫二郎に聞かれたら、まずいのではないか？」

念のため鉄三郎が釘を刺すと、

「孫さんは、いま寝てるから」

至極あっさり、別の者が答えた。

見るからに臆病そうなその男が話しかけてきた時点で、孫二郎に聞かれるおそれがないことは、鉄三郎にもわかっている。わかっていて、あえて問うたのだ。

男たちの啜り泣きがやむのをしばし待ってから、

「それほど死罪が怖いか？」

鉄三郎は問い返した。

「…………」

「怖いのは当たり前だ」

応えぬ相手に向かって、鉄三郎は語りかける。

「誰も、死んだあとのことは知らぬからな。儂も怖い」

「お、鬼の剣崎でも、怖いのかい？」

「ああ、怖い」

「だったらなんで、こんな無茶な真似ができるんだよ？」

ふと、別の男の声音が、横合いから鉄三郎に問うてきた。

「え？」

（島次か）

聞き覚えのある声を、鉄三郎は瞬時に聞きわけた。

「あんた、自分から人質になるって言って、ここへ飛び込んできたんじゃねえか」

「…………」

「本気で、死ぬのが怖いと思ってる奴が、そんな真似、できるわけねえよ。死ぬのが怖くねえ男なんだろ、あんたは」

「確かに、死ぬる覚悟ならできてはいるが、だからといって、全く怖くないわけではないぞ」

仕方なく、鉄三郎は応えた。

「その覚悟ってやつが、気に入らねえのよ。侍は、二言目にはそれを言いやがる」

「侍が嫌いか？」

「ああ、嫌いだね」

「だが、侍とて同じ人間だぞ」

「…………」

「己の妻や子の命を惜しまぬわけがない。それでも我らに、賊の捕縛を優先せよ、とお命じになられた。蓋《けだ》し、断腸の思いであったに違いない」

「し、知るかよッ」

島次は思わず声を高める。

痛いところを衝かれた証拠だ。女子供を質にとるという卑劣なやり方には、そもそも彼は反対だった。そこまで確信したとき、

「島次」

鉄三郎は低くその名を呼んだ。

「え？」

当然島次は驚くが、何故鬼剣崎が己の名を言い当てたか、見当もつかぬ様子で鉄三郎をじっと見返す。

相変わらず、グルグルに縛り上げられたままの姿で畳に転がっている鉄三郎は、自らはなにもできぬか弱い存在だ。怖れる必要はないのだ、と合点がいったのだろう。

「な、なんだよ？　なんで、俺の名前がわかったんだよ？」

か弱い存在の鉄三郎に対して、島次は辛うじて問い返す。

「最前、お前と孫二郎とのやりとりを聞いていた」

「………」

島次は容易く絶句する。

自ら人質を志願し、さんざんに暴行され、いつ殺されてもおかしくないこの状況で、冷静に周囲のやりとりに耳を傾け、剰《あまつさ》え、一人一人の声音までも聞きわける。この男は、まさしく鬼に相違ない。そんな驚異の目を以て、島次は鉄三郎を見返した。

それがわかったので、

「お前は何故、前回の、日本橋高砂町両替商松島屋への盗みに加わらなかったのだ？」

「そ、それは……」

「敏吉から止められたからではないのか？」

「え、なんでそれを？」

（やはり、そうか）

素直すぎる島次の反応から、鉄三郎はいまは亡き敏吉の気持ちを忖度《そんたく》することができた。

「敏吉から、もう足を洗え、と言われていたのだろう？」

「お、お頭と話したのか？」

「お頭は——敏吉は既にこの世にいない」

「なッ……」

瞬時に島次の顔色が変わる。

「高砂町で、我ら火盗改の捕り方から孫二郎を逃がすため、自ら火盗の刃の前に身をさらしたのだ」

早口でひと息に告げてから、鉄三郎は更に、

「お前たちは、孫二郎に騙されているのだぞ」

強い口調で断言した。

鉄三郎にとって、ここが最大の賭けであった。驚き、疑い、混乱した島次が、

「嘘だッ」

と一言、大声で叫んだなら、すべては終わる。次いで島次が、

「てめえ！　孫二郎！　よくもお頭の命を犠牲にして、てめえ一人、逃げやがったな!!」

という怒声を発すれば、目を覚ました孫二郎は、島次と彼に味方する者たちを黙らせるために、森山の妻子を殺してしまうかもしれない。

通常、孫二郎のように奸悪な気質《たち》の者は、己の身に危険が及ぶようなことは極力したがらないものだ。それを、敢えてやっているということは、危険とひき換えにするだけの理由があるのだろう。

それ故、孫二郎は、なにがあっても自分だけはどうにか逃げられる方策を立てている筈だ。そのために、屋敷内の内通者がなんらかの手助けをする。

(頼むから、騒ぐなよ、島次)

鉄三郎の心の願いが通じたのか、

「…………」

島次はそのとき、辛うじて己の心の声を呑み込んだ。

元々いけ好かない孫二郎だが、仲間は仲間だ。一方、鉄三郎は宿敵・火盗改の与力である。

だが島次は、仲間を見捨てて自分一人逃げ帰った孫二郎と、己の命も顧みず、潔《いさぎよ》く死ぬ覚悟で火中に飛び込んできた鉄三郎との言動を比べてみるまでもなく、どちらが人として信用できるかということを、頭ではなく本能で理解していた。

それ故、一瞬間の沈黙の後、

「本当か？」

島次は低声《こごえ》で鉄三郎の耳許に囁いた。

応える代わりに、鉄三郎は深く肯いた。いつの間にか、部屋にはうっすらと月影が射している。至近距離なので、鉄三郎の目には、島次の瞳に見る見る涙の滲むのが見てとれた。

「…………」

だが、島次は声を出さず、悲しみを胸深くに呑み込んでじっと耐えた。

（どうする、島次？）

鉄三郎は島次の悲しみが鎮まるのを根気よく待った。ここで騒がず、声を呑み込んだ、ということは、孫二郎と袂を分かつ決意を固めたからにほかなるまい。

「それで、俺はこれからどうすればいい？」

島次が鉄三郎に問うてくるまでに、さほどのときは要さなかった。

五

四更《しこう》──。

所謂《いわゆる》丑三つ時を過ぎるあたりで、賊の多くが揃って喉の渇きをうったえはじめた。

「水、飲んできていいだろ、孫さん」

と彼らが言うのは、離れ用に設けられた表の井戸のことに相違ない。その井戸は、濡れ縁からほんの数歩のところにある。

「しょうがねえな」

これには孫二郎も、渋々承知するしかなかった。握り飯と一緒に差し入れられた水は既に飲み尽くしてしまい、再度差し入れを要求するのは面倒だった。それに、差し入れの際に突入されるかもしれない、という危険をともなう。

「俺も飲みてぇ」

「俺も」

「俺もだ」

立て続けに、五、六人の男が、水を求めて外へ飛び出そうとするのを見て、

「そういや、俺も喉渇いたな」

孫二郎も無意識に口走る。すぐに、

「おい、一人ずつ飲みに行くなんて無駄なことはやめな。誰か、その桶に汲んでこいよ」

と、差し入れの飲み水が入っていた手桶を指して命じた。

「あ、はい」

真っ先に飛び出そうとしていた男が戻ってきて手桶を手にする。

交替で睡眠をとっているため、部屋の大半は、まだまだ寝転がっている者に占められている。当然、室内には重く澱んだ空気がたちこめていた。

手桶を摑んだ男が不意に障子を開けたことで、新鮮な外気が室内に吹き込み、多くの者が一斉に目を覚ました。

「えっ？」

「な、なんだ？」

火盗改の突入と勘違いした者も少なくない。そして勘違いとわかると、すぐまた、怠惰に身を横たえる。澱んだ空気は、どうやら、一味の者たちの気持ちも重苦しく澱ませている。

限界が近いことは明らかだった。

（奥方様とお子たちも、もう限界だろう）

ということを、鉄三郎は漠然と察していた。

如何に、賊へのはったりとはいえ、

「森山様は、ご家族のお命よりも、賊の捕縛を優先された」

と言い放ってしまった。

まだ物心もついていない幼女は別としても、夫や父親から見捨てられた、ということに対する奥方と子供たちの悲嘆は想像に難《かた》くない。これ以上、夫であり父親である森山に対する不信感を募らせてはならない。

それ故、

（ここだ――）

と咄嗟《とっさ》に思案した鉄三郎は、

「おい、正気か？」

孫二郎に向かって短く問うた。

「なにがだよ？」

鉄三郎の突然の問いに驚くとともに、喉の渇きという不快を抱えた孫二郎は、その濁声を一層低く濁らせて問い返す。

「表の井戸水など、とうの昔に毒が投じられているに決まっていよう。飯の差し入れの際にはあれほど慎重だった貴様が、そんなこともわからんのか？」

「えッ？」

孫二郎は即ち絶句する。

「それとも、わかっていて、敢えて手下どもに毒を飲ませようとしているのか？……毒を飲ませて全員殺害し、己一人がこの場より逃げ出すために――」

「な、なんだって！」

「どういうことだよ、孫さんッ」

鉄三郎の言葉を鵜呑みにし、即座に孫二郎に詰め寄る者たちがいた。

孫二郎の計画にははじめから消極的だった島次派の者だろう。

「な、なに言ってやがる。そんなわけ、ねえだろうがッ」

気を取り直した孫二郎は自慢の濁声で一喝するが、それとときを同じくして、

――ぐぎゃッ、
濡れ縁の辺りからから、断末魔と思われる悲鳴が聞こえた。

毒の入った井戸水を飲んで、死んだ。

その場にいた多くの者が、瞬時にそう思ったことだろう。

「てめえ、ホントに毒入れやがったのか！」

孫二郎が目を剝いて詰め寄る。

縛られたままで、鉄三郎は最前より身を起こし、その場に端座していた。

「畜生、ぶっ殺してやるッ」

懐の匕首《あいくち》を瞬時に構えると、鉄三郎目がけて殺到する――。

いや、殺到しようとして踏み出した足を躓《つまず》かせ、

「うがぎゃッ」

次の瞬間、翻筋斗《もんどり》うって無様に転がる。

「クソッ」

「いいざまだな、孫」

孫二郎の踏み出す足にわざと足をかけて転ばせたのは、島次である。

「人の足をすくってここまできたてめえが、まさかてめえの足をすくわれるなんて、いまのいままで夢にも思ってなかったんじゃねえのか？」

「な、なにを言いやがる。こんなときに、悪ふざけが過ぎるぞ、島次」

「ふざけてんのはてめえのほうだ、この腐れ外道がッ」

孫二郎の音声を上回る大音声《だいおんじょう》で島次は一喝し、すぐに続けて、

「お頭殺しといて、ただですむと思うなよッ」

眠りの底にある者たちさえ瞬時に目覚めさせるだけの声音で言い放つ。

「なんのことだよ?」

あくまで空惚《そらとぼ》けようとする孫二郎に、

「いま、てめえのその面《つら》見て、はっきりわかったわ。てめえ、ハナから《鉄輪》のお頭を殺すつもりで、あのヤマを持ち込みやがったんだなぁ」

一言一言、楔《くさび》を打ち込む口調で島次は述べてゆく。

「土台、あんなケチな両替商に、十万両なんて金が隠されてるわけがねぇ。てめえがお頭のお耳にニセ情報を吹き込みやがった」

「だから、どうしたぁ!」

いちいち的を射ていて癪《しゃく》に障る島次の口調に業を煮やした孫二郎は、とうとう開き直って言い返した。

「ああ、そうだよぉ。松島屋に、たいした金がねえってことはわかってたよ。ちょっと考えりゃ、誰にだってわかることだろうがよぉッ」

「孫二郎、てめえ――」

「それもこれも、すべてお頭が悪いんだぜ。殺さず、犯さず、とか、きれいごとばっかり、抜かしやがってよう。そのために、いちいち下調べをするのはこっちだぜ。……面倒くせぇんだよ。お店の奴ら皆殺しにすれば、足もつかねえし、簡単に稼げるんだ」

「だから、お頭を殺したのか？　松島屋への押し込みを、火盗にチクりやがったのも、てめえの仕業か？」

「なんだ、それもバレてんのか。……そういうこと、おめえの耳に入れたのは剣崎の旦那かな？」

「だったらどうする？」

傲然問い返す鉄三郎の面前に、

「ぶっ殺してやるよ」

起きあがり、匕首を構えた孫二郎がジリジリと迫る。

「ああ、やってみろ」

言い様鉄三郎はそのままの姿でスッと立ち上がり、立ち上がりざま、両腕に力をこめる。その途端、
するりッ……

という感じで、鉄三郎の四肢をからめていた縄はほどける。予《あらかじ》め、島次が切れ目を入れてくれていたのだ。

四肢の自由を取り戻した鉄三郎に向かって、孫二郎は匕首を突き出してきた。

その利き手をハッシと摑み返し、逆手に取るとともに、反射的に投げ飛ばした。

「んぐぅ……」

次の間との境の襖まで飛ばされた孫二郎は、顔面を襖にぶつけて悶絶した。

その激しい物音が合図となり、

「お頭ーッ」

「ご無事ですかッ」

既に濡れ縁まで迫っていた鉄三郎の部下たちが、一斉に突入してくる。

真っ先に入って来たのは、言うまでもなく筧と寺島の二人であった。井戸の水を汲みに行った男は、毒を飲んで死んだのではなく、彼らによって制圧されたのだ。

筧と寺島のあとには、当然他の同心たちも続く。狭い室内は、忽ち大勢の男で溢れてしまう。

但し、室内にいた賊の大半は殆ど抵抗らしい抵抗はせず、その場に蹲《うずくま》って神妙にお縄についた。

島次が、事前に言い聞かせておいてくれたからにほかならない。

森山の奥方と子供たちについても、孫二郎の息のかかった見張りを遠ざけ、自分の親しい者たちによって守らせてくれていた。

「ありがとう、島次」

やがてすべてが終わったとき、神妙にお縄についた島次に対して、鉄三郎は心からの礼を述べた。

「お前のおかげで、多くの命が救われた」

「よ、よせやい。おいらなんざ、所詮ケチなこそ泥だよ。あんたには……鬼剣崎には到底かなわねえよ」

「いや、存外そうでもないと思うぞ」

曇りのない笑顔を見せて、鉄三郎は言った。

つきあいの長い筧や寺島でさえも束の間見惚れるような、本当に鮮やかな笑顔であった。

第四章　追いつめる!

一

真夜《まよ》。三更《さんこう》——。

風が、ざわざわと枝葉を騒がせている。

影の如くひっそりと、それでいて風の素早さで、そいつは闇から現れた。闇に透かし見ただけでもよくわかる、小柄な体格の持ち主だ。

真っ黒い衣裳のせいで、余程目を凝らしていないと、その影はすんなり闇に溶け込んでしまう。

影は、誰も見咎める者などいないと思い込んでいて、シンと寝静まった仮牢の中へと無遠慮に入って行く。

牢内には、通常であれば当番の同心が不寝番として常駐しているが、故あって今夜はいない。

「本当に来やがったな。お頭の言ったとおりだぜ」

「ええ。夜中、《鉄輪》一味のいる牢にこっそり入っていく者がいる筈だ、ってね」

筧篤次郎と寺島靭負の二人は、囁き交わしながら牢に近づく。勿論、先に入ったそいつに気づかれぬように、ひっそりと――。

森山家の仮牢は、勿論新築した部分もあるが、大本は土蔵を改造したものだ。入口に立つと、中のこもった音声が周囲に反響する。

「…………」

牢の入口に身を潜《ひそ》めていると、低い囁き声が漏れ聞こえてきた。

その声を聞き取ろうとして、二人は懸命に耳を澄ます。

「孫さん、孫さん」

男の声音が、低く孫二郎を呼んでいる。

（やっぱり、孫二郎の牢だ……）

口には出さず、二人は目と目を見交わした。

すべてが、鉄三郎の言ったとおりである。

「深夜、皆が寝静まってから、孫二郎の牢に近づく者があるだろう。そのために、孫二郎だけ一人、別の牢に入れた」

「そうでしたか」

「てっきり、裏切り者の孫二郎が、他の奴らから痛めつけられねえように気を遣ってやったのかと思ってましたよ」

「忍んできた者は、おそらく孫二郎を牢抜けさせ、ともにこの屋敷から逃れようとするだろう」

「それを止めるのですね」

「いや、逃がせ」

と鉄三郎は言った。

「逃がして何処へ向かうか、あとを尾行《つ》けるのだ」

それが、今夜二人に課せられた、鉄三郎からの命《めい》であった。

もとより二人に否やはない。

「おい、孫さん、孫さん……」

侵入者の呼びかけが続く。

「起きろ、孫さん」

一度寝入ってしまった孫二郎は、なかなか目覚めぬようだ。

離れに立て籠もっているあいだ、交替で眠ったとはいえ、あんな緊張の中で熟睡できたとしたら、余程胆の据わった猛者である。蓋《けだ》し、眠りは終始浅かったことだろう。捕らわれたことで寧《むし》ろ安堵し、実際重い疲労感もあって、深い眠りに陥ってしまったに違いない。

「おい、起きろよ、孫さん。いい加減起ねえと、このまま見捨てるぜ」

「あ…お、おう」

侵入者が苛立《いらだ》ってやや声を高めると、孫二郎は漸《ようや》く目を覚まし、牢の中で慌てて身を起こす。

「す、すまねぇ。す、すっかり寝入っちまって……」

両目を擦《こす》りながら、牢の入口へと近づく。

「いいから、早く来な」

侵入者は易々と牢の鍵を開けた。

錠前の開くカチャリ、という音が闇に響く。名のある大きな盗賊団には、必ず腕のいい鍵師がいる。鉄三郎の予想がいよいよ的中したことに、筧と寺島の二人はともに舌を巻いている。

「おめえがしくじったおかげで、こっちまでヤべぇんだ。さっさとずらかるぜ」

「すまねぇな」

屈《かが》み込んで牢の出入口を出た孫二郎は、そこでもう一度侵入者に詫びた。

「島次の野郎が、まさか鬼剣に丸め込まれるなんて思わなかったから……」

「いいから、行くぞ」

交々《こもごも》言い訳しようとする孫二郎を叱責し、そいつは先に立って走り出す。孫二郎は慌てて後に続いた。ここで彼に見捨てられては、もう本当におしまいだ。孫二郎は必死でそのあとについて走った。

「行くぞ、ゆきの字」

「はいよ、篤兄」

筧と寺島の二人もまた、その後はただ一陣の風と化して逃げる二人のあとを追った。

孫二郎を牢から出した男は、鉄三郎の見立てどおり、邸内の事情に熟知していた。牢から最も近い脇門まで迷わず進み、そこから屋敷の外へ出る。

筧と寺島も外へ出た。盗っ人の逃げ足は速いので、出たときには既に、あたりに二人の姿はないのだが、二人は迷わず、門を出てすぐ右――西の方角へと走り出す。足音が、そこから聞こえているためだ。

筋金入りの火盗改の同心は、遠く離れていても人の走る足音を聞きわける。それがわかっているから、鉄三郎も、そんな無茶な命《めい》を二人に下した。一つ間違えば、折角一度は捕らえた賊をまんまと逃がし、野に放つことになると承知の上で。

鉄三郎は、二人の能力を信じていた。

それ故二人も、鉄三郎の期待に応えぬわけにはいかないのだった。


「どういうつもりだ、剣崎ッ」

かん高い森山の叱声が、さすがに屋敷中ではないが、二人のいる役宅の御用部屋周辺には充分に響き渡った。

隣の同心溜り、更にその隣の与力詰所に居合わせた者たちは、皆顔を見合わせて息をひそめることになる。物静かな文官体質とばかり思われていた森山孝盛は、実は一度感情が激すると歯止めがきかなくなるタチの悪い男だった、という評は、《鉄輪》一味立て籠もり事件の後、その日その場にいなかった同心たちのあいだにも広まっていた。

「折角捕らえた賊をあえて逃すなど、言語道断ではないかッ」

「…………」

剣崎鉄三郎は、その叱責が耳に届いていないのではないかと思えるほど平静に端座し、やや目を伏せている。

(意外と怒りっぽいお人だな)

内心思っていようことなど、微塵も気取らせずに――。

「答えろ、剣崎ッ」

或いは、これまでは猫をかぶっていただけで、こっちが彼の本性なのかもしれない、と思わせるに充分な迫力で、森山は迫る。

それでもまだ剣崎が黙っていると、

「答えぬかッ」

当然火のように激昂した。

森山の怒りを充分に吐き出させたところで、

「《鉄輪》残党の背後には、間違いなく《雲竜党》一味がおります。此度《こたび》の企みも、裏で糸を引いていたのはおそらく《雲竜党》の者ではないかと――」

徐《おもむろ》に、鉄三郎は述べる。

「なに！」

鉄三郎の言葉に、森山は容易《たやす》く絶句した。

「少なくとも、《鉄輪》の残党どもがあれほど手際よくお役宅に侵入し、お頭のご家族を質にとることができたのは、邸内に予《あらかじ》め手の者を潜《もぐ》り込ませておったからに違いありませぬ。いざというとき、お屋敷の門を開けて仲間を中へ引き込むために──」

「ど、どういうことだ⁈」

激昂して朱に染まっていた森山の満面から、見る見る血の気がひいてゆく。

「先日一味を捕縛する際、それがしに協力してくれた島次なる者が申すには、あの離れの中には確かに一緒にいた筈なのに、いざ一味全員が捕縛されてみると、一人だけ、捕らわれていない者がおったそうです」

「死んだのではないのか？」

「確かに、あの折は三名ほどの死者を出しました。……一応死体を確認させましたが、死者の中にもいなかったようです。……そやつは、忽然と姿を消したのでございます。おそらく、そやつこそが邸内に起居していた内通者で、突入のどさくさに紛れてあの場より脱出し、何食わぬ顔で元の仕事に戻ったものと思われます」

「な、なんたることだ！　それで、誰なのだ、その内通者とは？」

「それを知りたく思い、あえて孫二郎めを逃がしたのでございます。内通者は、勝手知ったるお役宅の仮牢から、まんまと孫二郎を牢抜けさせ、ともにご邸内から逃げて行きました」

「それで、内通者の正体はわかったのか？」

「はい」

「誰だッ？」

「先月より、庭師としてお屋敷に雇い入れられた、寅三《とらぞう》という者でした。昨夜から、寅三の姿だけが何処にも見当たらないそうです」

「なに、庭師だとッ」

「庭師であれば、邸内を隈無《くまな》く把握していて当然でございます」

「ふうむ……一月《ひとつき》も前から、我が屋敷に狙いをつけていたというのか」

「いえ、或いはもっと以前から……」

「どういうことだ？」

「先月、我が手の者たちが《雲竜党》一味と思われる二名の者を市中より捕らえてまいりましたことを、お頭は覚えておいででしょうか」

「当たり前だ。忘れる筈がなかろう」

そこまで、火盗改の職務に無関心だと思っているのか、とでも言いたげな不満顔で、森山は鉄三郎を睨む。

「《雲竜党》一味は、現在この関八州一円において最大の盗賊団にして、我ら火盗改にとっては積年の宿敵でございます」

「わかっている。儂とて火盗の頭だ」

「おそれいります」

と生真面目な顔つきで断ってから、

「我が手の者たちが、奴らの動きを掴もうと躍起になっておるのと同様、奴らも又、我らの動きを常に気にかけております。火盗改の動きが手にとるようにわかっておれば、江戸での盗みも容易いものになりましょうから」

鉄三郎は淡々と述べ続ける。

「つまり、何が言いたいのだ？」

「つまり奴らは、これからも、このお屋敷に間者《かんじゃ》を送り込んでくる、ということでございます」

「…………」

「それ故今後新たに人を傭い入れます際には、たとえ下働きの老爺老婆《ろうやろうば》にいたるまで、その素性をしかと調べあげ、町名主《まちなぬし》、若《も》しくは長屋の大家の添え状がない者は決して雇い入れぬよう、奥方様にも、お伝え願いたく存じます」

「わ、わかった。伝えておこう」

と無感情な声音で応えたときには、森山はすっかり毒気を抜かれた様子であった。

火盗改の頭の屋敷には、屢々《しばしば》盗賊の間者が紛れ込んでいる。

この事実は、容易く森山を打ちのめした。野武士の如き荒くれ同心どもに四六時《しろくじ》中《ちゅう》出入りされるのさえ苦痛だったのに、まさか得体の知れぬ盗賊の間者からもつけ狙われねばならぬ、とは。

そして、それがわかった瞬間、あれほど嫌っていた荒くれ同心たちが、寧ろ頼もしい存在となったのだから、皮肉というほかはない。

(なんというお役目だ)

正直、泣きたくなった。

だが、泣いてすむと思うほど、森山も愚かな男ではない。

気を取り直し、

「それで……庭師の寅三と孫二郎は、何処へ逃げ込んだのだ？」

改めて問い返すと、

「それを、いま調べさせております る」

眉一つ動かさず、鉄三郎は答えた。

その男らしい端正な顔をじっと見返しながら、瞬間森山は、

（こやつ、殺したい）

と思うほどの憎悪を覚えた。

それからすぐに己を宥《なだ》め、

「では、引き続き調べを進めよ」

虚しい声音で辛うじて命じた。

「はっ、しかと承《うけたまわ》りました」

鉄三郎は形ばかりの文言《もんごん》を唱え、その場で平伏する。すぐに顔をあげ、立ち上がって出て行くのだろうと、森山は思っていた。思ったとおり、すぐに顔をあげたが、辞する様子はなく、森山の顔をじっと見返してくる。

（なんだ？）

自分を見る剣崎の澄んだ視線に、森山は故もなく不安を覚えた。

さては、最前ほんの一瞬だが、殺したい、と思ってしまったその本心を見抜かれたか。

（だが、思っただけだぞ。それに、本気ではないぞ。……第一、本気で挑んだところ

で、儂がうぬにかなうと思うか？）

内心身構えながらその視線を受け止めていると、鉄三郎は、

「あの、森山様…いえ、お頭……」

珍しく遠慮がちに言いかける。

「な、なんだ？」

「その…あ、あのあと、大事はございませなんだか？……奥方様、お子様方には、突然あのようなご災難にみまわれ、さぞやお心を傷《いた》められたのではないかと……。あれから、お心安らかにお過ごしになられておられればよいのですが……」

「儂の…妻や子たちのことを、案じて…くれておるのか？」

恐る恐る、森山は問い返した。

ほんの直前まで淡々と事実を述べ、眉一つ動かさなかった剣崎鉄三郎が、何故かしどろもどろになり、訥々《とつとつ》と言葉を継いでくる。

「………」

「だ、大事《だいじ》ない」

鉄三郎の顔色を注意深く確認しながら、森山は言った。

「そうだ。源太郎が、そちを褒めていたぞ。剣崎は、まこと素晴らしい武士《もののふ》である

と。是非とも、稽古をつけてほしい、とも申しておった」

「さ、左様なことは……」

「綾乃……いや、女房殿も、『剣崎殿が自ら質として賊の中に入ってきてくれたときは、本当に頼もしく、安堵した』と申していた。……幼き者たちは、さほど、覚えてもおらぬだろう」

「それは、まことでございますか？」

「まことじゃ」

鉄三郎の真剣な目に釣り込まれるように森山は即答した。

「それに、我が妻子とて、武門の家に生まれ育った者としての覚悟くらいはある。……要らざる忖度《そんたく》だぞ、剣崎」

「…………」

一瞬言葉を失ってから、

「はッ、身の程もわきまえず、差し出口をききまして、申し訳ございませぬ」

鉄三郎は再び平伏した。

だが、今度は顔をあげるとすぐに腰を上げ、目顔で森山に一礼するだけで、さっさと部屋から出て行った。

(なんだ)

鍛えられて颯爽《さつそう》とした後ろ姿を見送りながら、森山は些《いささ》か拍子抜けしている。

(存外不器用な男じゃのう)

己の職務にはあれほど厳しく、上役である森山に対しても一切遠慮することなく高々とものを言うくせに、口にする内容がいざ人の感情に関することになると、忽《たちま》ち口べたになる。

(所謂《いわゆる》雑談というものが、できぬのか)

漠然と、森山は思った。

これが世故《せこ》に長《た》けた者であれば、

「あれから、奥方様とお子様たちは如何お過ごしでございますか。あれほどのご災難に見舞われて、ご心中は如何ほどかと忖度仕《つかまつ》りまするに、それがしも胸がいたみまする」

とでも、スラスラ言ってのけるところであろう。

どうやら剣崎鉄三郎という男にはそれができないらしい。

(不器用で、ひどく窮屈な男だな)

ほんの少しだけ、剣崎の真実を垣間《かいま》見た気がした森山は内心深く嘆息した。

それがわかったところで、剣崎とのつきあい方が変わるわけではない。寧ろ、中途半端に彼を知れば知るほど、より面倒な思いをさせられる予感しかなかった。

(厄介なやつだ)

と結論づけたが、その結論に、森山は何故か少しだけ安堵していた。不器用で窮屈で厄介な男に対して、自分でも気づかぬうちに少しずつ好感を持ちはじめているとは、もとより夢にも思っていない。

二

「敏吉は、見上げた盗っ人だった」

牢の前に、自ら持参した大きめの猪口《ちょこ》を置き、そこへ、同じく持参した美濃《みの》焼の大徳利の酒を注ぎながら言うともなしに鉄三郎は言った。

そして、猪口の酒をひと息に飲み干した。

「火盗の鬼与力が褒めてくれたと知ったら、お頭も、さぞかし草葉の陰で驚いてるだろうぜ」

その飲みっぷりを、ゴクリと喉《のど》を鳴らして見守りながら島次は言う。

飲み干した猪口に、一杯の酒を注いだ鉄三郎は、それを牢内の島次へ差し出しながら、

「飲め」

と促した。

「へいッ」

島次はすぐさま手を伸ばして猪口を受け取ると、

「いただきやす」

注意深く己の口まで運ぶ。

鉄三郎同様ひと口に飲み干すと、

「うめえ〜ッ」

素直な嘆声をあげた。

「美味《うま》いか？」

「ええ。まさか牢の中で、こんなに美味い酒をいただけるなんて、夢にも思いませんでしたよ、剣崎の旦那」

「それはよかった。もっと飲むか？」

「はい」

鉄三郎に促され、島次は素直に飲み干した猪口を牢の外へと差し出す。その猪口に、鉄三郎が再び酒を注いでやると、島次は嬉しそうにそれを己の口許へと運んだが、今度はひと息には飲み干さず、その味を楽しむようにチビチビと口を付けた。

「ところで、こうして盃《さかずき》を交わしたからは、これより、お前と俺は義兄弟だな、島次」

「え？」

島次がきょとんとして鉄三郎を見返す。

鉄三郎の顔は真剣そのものだった。

「たったいま、盃を交わしたではないか」

「え？……ええ〜ッ!!」

「義兄弟の契りを結ぶ習いは、武家にもある」

「…………」

「それ故この契りは、神聖なものだ」

島次の戸惑いには目もくれず、鉄三郎は淡々と言葉を続けた。

「ただいま、これより、俺の義弟となったお前を、遠島のような重い罪に問うことはできぬ。せいぜい、江戸払いだ。……或いは、過料ですませてもよい。まあ、相場は三貫文だな」

「え?」

「だが、そうなると、俺の義弟となったお前は、俺のために、さまざまな情報を……盗賊どもの情報を俺にもたらさねばならぬ」

「じょ、冗談じゃねえッ」

漸《ようや》く鉄三郎の意図を察して、ここを先途《せんど》と、島次は喚いた。

「俺を、火盗の密偵《いぬ》にする気かよッ」

「いやなのか?」

「ああ、いやだね。俺は、絶対にてめえらの犬になんかならねえッ」

その喚き声を、鉄三郎は無表情に聞き流した。

「て、てめえ、畜生ッ、はなからそんなつもりで俺に酒飲ませやがったのか。なにが、義兄弟の盃だ。冗談じゃねえやッ」

島次は、全身全霊で拒絶の意を示してきた。

これには鉄三郎も閉口する。もとより、ある程度想定していたことではあるが。

「だが、敏吉を死に追いやった孫二郎のことは許せぬと思っていよう」

「それは、まあ……だからこそ、あのとき、あんたに手を貸したんだし……」

「では、こうは考えられぬか。お前は、お前の意志で、敏吉の仇を討つのだ」

「え？　そりゃあ、いってえ、どういう意味だよ？　孫二郎の野郎は、お縄になったじゃねえか。……このお屋敷に入るなり、出会い頭《がしら》にあの爺さんを殺したのも孫二郎だぜ。殺しは当然死罪だろ」

手中の酒を飲むのも忘れ、懸命に言い募る島次に対して、

「孫二郎は、逃げた」

無表情に鉄三郎は告げた。

「なんだと！」

「孫二郎を裏で操っていた者が牢抜けさせたのだ」

「畜生ッ、てめえら、それでも火盗かよ。鬼の剣崎かよッ」

犬の如く吠えたてる島次の言葉も、当然鉄三郎は聞き流す。

「わざと逃がしたのだ。いま、俺の手の者たちが彼奴《きゃつ》らのあとを追っておる」

「…………」

その冷徹さに、島次はあっさり絶句した。

さて、その状態に追い込んでからが、鉄三郎の本領発揮だ。

「落ち着け、島次」

「落ち着いてるよ」

「ならば訊くが、確かお前、あのとき一緒に離れに立て籠もっていながら、一人だけ捕らわれていない者がいる、と申しておったな？」

「ああ、虎兄《とらにい》のことかい」

「その虎兄とやらは、先月よりこのお屋敷に傭われていた庭師の寅三という男だった。突入の際、どさくさに紛れて離れから逃れ、元の庭師に戻ったのだ。そして、取り調べが一段落して牢内が落ち着くのを待ち、孫二郎とともに屋敷から逃げた」

「そ、それが？」

「虎兄という男の正体を、お前は知っているのか、島次？」

「よくは、知らねぇ」

「知っていることだけでいいから、話せ」

「《鉄輪》のお頭とは古いつきあいで、腕のいい鍵師だ。何度か同じヤマを踏んだ。……お頭の馴染みなんで、仲間うちでは虎兄と呼ばれていたが、通称は《三隅《みすみ》》の虎《と》五郎《ごろう》――」

「《三隅》の虎五郎か。……おそらく、《雲竜党》一味の者だな」

と無意識に言い返しながら、離れに囚われていたあのとき、孫二郎が、虎五郎のことを「《三隅》の兄弟」と呼んだことも、鉄三郎は瞬時に思い出していた。

あれこれ思い出して不意に言葉を止めた鉄三郎に対して、一方島次は、

「おい、いってえ、どういうことだよ！」

目の色を変え、陽気に騒ぎたてる。

「虎兄が《雲竜党》って、そりゃ、本当なのかよ？……なお、剣崎さん、おいら、わけがわかんねえよ。わかるように、教えてくれよ」

その島次の必死な顔をしばし無言で見返してから、

「敏吉殺しは、孫二郎一人の腹から出たことではない、ということだ」

鉄三郎はあくまで淡々と告げる。

「火盗改に敏吉を殺させ、残った一味を孫二郎に牛耳《ぎゅうじ》らせてそっくり《雲竜党》の傘下に入れる。と同時に、憎い火盗にも相応の痛手を与えておこうという、一石二鳥だ」

「…………」

島次は再度絶句した。

自分のすぐ身近で起こったことが、最早自分の理解を大きく超えてしまっている。

だが、たとえ非情な現実が己の理解を超えてしまっても、取り残された感情だけは

如何《いかん》ともし難い。

「じゃあ、お頭を殺したのは……本当の仇は《雲竜党》の奴らってことになるのかい？」

「そういうことだ」

「畜生、あいつら、よくもお頭を……」

茫然と呟く島次の両目に無念の涙が溢れてくるのを待ってから、鉄三郎は言う。

「我らは必ず、《雲竜党》一味の根城を突き止め、一網打尽にするつもりだ。どうだ、島次、その手伝いをしてみぬか？」

「する」

島次は即答した。

見た目どおり、己の感情にのみ忠実な、実にわかりやすい男であった。本来、こういう素直な性質の男は、密偵には向かない。

「いや、やらせてくれ。お頭を殺した奴ら、絶対に許せねぇ」

鉄三郎が予期していたとおりの言葉を、島次は吐いた。

亡き敏吉が最も可愛がっていたその理由も、よくわかる。それ故にこそ、敏吉は、島次に足を洗わせたいと願っていたのだろう。

その島次を、火盗の密偵《いぬ》にしようというのは、敏吉の遺志に最も反している。それを承知した上で、鉄三郎は島次を密偵に使おうとしている。《雲竜党》は手強い。心を鬼にして臨まねばならぬほどに。

「一つ、聞いてよいか？」

鉄三郎はふと問いかけた。

「なんだい？」

「敏吉は何故、あのとき高砂町の松島屋に入ろうとしたのだ？」

「それは……」

「如何に両替商とはいえ、松島屋程度の小商《こあきな》いのお店に十万両の金があるかどうか、孫二郎の言葉ではないが、少し考えればわかることだ。敏吉が、それほど愚かな男だったとは思えぬ。だが、それでも敏吉は、松島屋を襲おうとした。殺さずに盗む、という敏吉の信条に、孫二郎がまんまとつけ込んだのだとしても、奇妙すぎる」

言いかける島次を制し、一方的に鉄三郎は捲《まく》し立てた。

「或いは敏吉は、それを最後の仕事と考えていたのではないのか？」

「…………」

島次は無言で項垂《うなだ》れる。

図星を指された証拠であった。

「お頭は、最後に大金を手に入れて、それをみんなにわけてやるから、好きにしろ、って。……足を洗って、それを元手に商売でもはじめるか、何処《よそ》か他所へ行って盗っ人稼業を続けるかは、てめえたちの好きにしろ、って。……でも、江戸《いず》にだけはいちゃいけねえって。…江戸には、火盗改って恐ろしい連中がいるから、何れお縄になるか、命を落とすことになるから、って……」

島次の声音は、いつしか震えを帯びている。

鉄三郎が黙ってその手中の猪口に酒を注いでやると、島次はそれを、ひと息に飲み干した。飲まずにはいられぬようだった。

「お頭は…お頭は……さ、最後まで俺たちのために……」

鉄三郎は無言のまま、島次の飲み干した猪口を取り返すとまた自ら酒を注ぎ、無言で飲み干した。

飲み干した後に、

「《鉄輪》の敏吉とも、こうして酒を汲んでみたかったのう」

しみじみとした口調でいい、

「一度でいいから、じっくり話をしてみたかったものだ。……殺さず、犯さずの盗賊に、俺はこれまで一度もお目にかかったことがない故――」

　更に続けて言いかけたところで、

「ぶふうぅッ…うぅ……」

　島次が不意に、激しく噎《む》せた。

　苦しげに噎せたあとは、悲しい嗚咽《おえつ》になった。

三

　火盗改方同心の寺島靭負が火盗改の役宅に戻ったのは、彼らが牢抜けの科人・孫二郎とそれを促した庭師の寅三こと、《三隅》の虎五郎を追跡して行ってから、丸一日後のことだった。

「内藤新宿の先――千駄ヶ谷《せんだがや》の多聞院《たもんいん》という不動尊のすぐ裏手にある荒れ寺です」

「なるほど、千駄ヶ谷か」

　寺島の報告に、鉄三郎は軽く肯《うなず》く。

　彼らの追跡から帰還にかけて、丸一日かかっていることで、だいたいそのあたりではないかとあたりはつけていたのだ。

「寺に入っていったのは、寅三と孫二郎の二人だけか？」

「いえ、暫《しばら》く見張っていたところ、旅の僧侶やらお店者《たなもの》風の者やら、さまざまな身なりの者が五～六名、如何にも一夜の宿代わりにする、という風情で入っていきました。……あれから、もっと増えているかもしれません」

「うむ…一味の集合場所と考えて間違いないな」

「はい、間違いないかと――」

「それで、篤は？」

「はい、多聞院の山門の上から見張っています。よく見えます故――」

「篤の見張りでは心許《こころもと》ないな。我らもすぐに向かおう」

鉄三郎は即座に決断した。

既に、森山には話をつけてある。

それ故完全武装での不意の出撃にも、文句を言われる筋合いはなかった。

「姫は、休息所にてしばし休め」

「え？」

全く腑に落ちぬ、といった顔つきで、寺島は思わず鉄三郎を見返す。

「殆ど休息もせず、千駄ヶ谷からここまで駆け戻ったのであろう。そのような者をこのまま連れて行ったとしても、まともに働ける筈はあるまい」

「いえ、それがしは大丈夫でございます……」

珍しくむきになって言い返そうとする寺島を、

「たわけッ」

鉄三郎は一喝した。

「どちらが見張りとしてその場に残るか、という話になったとき、おそらくお前は、自ら残ることを強く主張したであろう。楽をしたいからではなく、己が残るほうが、危急の際にも機転を働かせられる筈、との小賢しい了見からだ」

「…………」

頭ごなしに叱責された寺島には、さすがに返す言葉もない。鉄三郎にはすべてお見通しだった。

「だが寛は、頑《がん》としてそれに応じなかった。何故だか、わかるか？」

「篤兄は、それがしに、充分な飛び道具の支度を調《ととの》えて戻ってこい、と――」

「お前、それを真に受けたのか？」

「いえ……」

寺島は暗く目を伏せた。

「篤兄は、それがしの足の速さに賭けたのだと思われます。それがしならば、篤兄よりは半刻以上早く、目的の場所へ行き着けます故」

「それ故お前は、篤の期待どおり、一刻も早くと先を急いだのだ。……されば、もう、限界であろう」

「…………」

「しばし休息し、飯を食い、しかる後、己《おの》が体調が万全となったところで、あとを追え」

「はッ」

小気味よい鉄三郎の言葉に対して、反射的に寺島は平伏した。

「畏れ入ります」

思わず口走ってしまってから、慌てて顔をあげると、

「そういうことだ、姫」

鉄三郎は表情を弛め、淡く微笑している。

「お頭……」

「奴らには一度、まんまとしてやられている。今度こそ、逃すわけにはゆかぬ」

「はい」

寺島は素直に肯いた。

寺島が火盗改の同心になって既に十年近い歳月が過ぎている。剣崎鉄三郎との出会いは、彼にとっては一生ものの出会いであった。

その剣崎が言うことは、寺島にとっては常に絶対なのである。


剣崎鉄三郎率いる《剣組》の同心たちは、一途に先を急いだが、玉川上水《たまがわじょうすい》の水番所がある四ツ谷大木戸《おおきど》に到る頃には、暮六つの鐘を聞くこととなった。

大木戸を出て新宿追分《おいわけ》までの道の両側には、それぞれ下町《しもちょう》、仲町《なかちょう》、上町《かみちょう》と賑やかな町並みが連なる。旅籠や茶屋に混じって、女郎屋も多く建ち並ぶそのあたり一帯が、所謂内藤新宿と呼ばれる宿場であった。

暮六つを過ぎれば、路上には遊冶郎《ゆうやろう》たちの笑いさんざめく声音が溢れる。しかし、吉原《なか》と比べると、圧倒的に金のなさそうな貧乏くさい装いの者が多い。

江戸市中から大木戸を出て遊びに来る者、近隣の村々から来る者、或いは宿場女郎と一夜過ごすのを楽しみにしてわざわざ足を止める旅人など、客層はさまざまだ。

鉄三郎らはその内藤新宿を素通りして追分を目指し、分かれ道を左へ——高札の前を通って更に西へと進む。

季節柄、まだ日は暮れ落ちていないが、ただでさえ短気な筧篤次郎のことだ。蓋し、ジリジリと焦れながら見張りをしていることだろう。

やがて、多聞院の山門が視界に入ってくると、あとに続く者たちに、

「ここで待て」

と鉄三郎は告げ、己一人、やおら足を速めて山門内に走り込んだ。

山門の階《きざはし》をほぼ無音で登り、そのすぐ背後まで近づくと、

「篤」

耳許に、低く囁いた。

「…………」

当然筧は無言で仰天する。

「お頭？」

次《つ》いで、恐る恐る顧みる。

鉄三郎ともあろう者が、まさか、そんなくだらぬ悪ふざけをしようなどとは夢にも思っていないから、この唐突な出現には心底驚いたようだった。

「なんだその顔は」

だが鉄三郎は、意外にも笑いを堪えている。

　戦いを前にしての悪ふざけは、緊張をほぐすための重要な手段だ。いつもは仲の良い寺島と無駄口をききあうことで気を紛らわせている筧だが、生憎《あいにく》いまは寺島がいない。

「いえ、随分とまた、お早いお着きだと思いまして……」

　案の定、筧は柄にもなく強張《こわば》った表情で言い返した。

「姫の足は鬼のように速い。それはお前も承知していようが」

「それはそうですが……」

「だが、俺の足も同じくらい速いぞ」

「お頭に本気で走られたら、他の奴らはお手上げでしょうよ」

「なんとかついては来られたぞ。しばらく休ませねばならぬが」

「で、ゆきの字は？」

「安心しろ。役宅で休ませている」

「別に、なにも心配なんかしちゃいませんや」

　筧はわざとぶっきらぼうな口調で言うが、その顔つきはしっかり安堵しているようだった。どんなに憎まれ口をきき合おうが、この二人が無二の友であることは間違いない。

鉄三郎はそこで漸く真顔に戻り、

「それで、変わりはないのか？」

厳しく問うた。

「それが妙なんです」

それで、覚も忽ち真剣な顔つきに戻る。

「どうした？」

「ゆきの字がそちらへ向かったあとも、草臥《くたび》れた旅人《たびにん》が、何人か寺に入っていったんですが、みんな、じきに出て行きやがったんですよ」

「なに？」

鉄三郎は忽ち顔色を変えた。

いやな予感がしたのだ。いや、いやな予感しかしなかった。

「いえね、いくら俺が阿呆だからって、数の勘定くらいできますよ。……ゆきの字と一緒に見張ってたときに入ってきたのが、五人。寅三と孫二郎も入れると七人です。で、ゆきの字が行ってから入ってきたのが、三人です。全部で、十人ですよね。十人になったと思ってたら、それから半刻ほどして、先ず二人が出て行ったんですよ。それから更に半刻して今度は三人、また半刻経って二人が、……お頭が着くほん少し前に、また一人出て行きまして……俺の勘定に間違いがなければ、いまあの寺ん中に残ってるのは、二人ってことですよね？……どうやら最初の、孫二郎と寅三の二人だけに戻ったんです」

「ああ、お前の勘定に間違いがなければな」

と鸚鵡返しに応える鉄三郎の表情は渋い。

「寺島が去ってから寺に入ってきたという草臥れた旅人だが、どんな様子だった？」

「どんなって……」

「三人が、普通に連れ立って歩いてきたのかと訊いているのだ」

「そういえば……」

と筧は首を捻りつつ、ふとなにかを思い出したようだったが、

「たとえば、まるで酔い潰れたか、気を失ったかしてぐったりとした者を、他の二人が両側から抱えるような格好で入って行ったのではないのか？」

「どうしてわかったんです！」

鉄三郎に先んじられて、無邪気なはしゃぎ声をあげた。

「そのとおりですよ、お頭ッ。さすがっすねぇ」

「………」

筧のはしゃぎぶりと裏腹、鉄三郎は心中密かに落胆する。

(だとしたら、その勘定は、おそらく間違っているぞ、篤)

口には出さず、心の中でだけ、鉄三郎は嘆いた。

「と、とにかく、いま寺の中にいるのは孫二郎と寅三の二人だけです。一体どういうことでしょうね？」

鉄三郎の心中など夢にも知らず、筧は不思議そうに首を捻っている。

(いや、勘定自体は間違っておらぬ。確かに、いま寺の中にいるのは二人だ)

思いつつ、鉄三郎は心中激しく舌を打った。

(但し、一人は間違いなく死体。……或いは、もう一人も死体だろう)

心の中で、更に大きく嘆息すると、

(そもそも、こやつに見張りをさせようというのが誤りであった。……いや、仮に、あとから来た奴らが死体を運び込んだと知ったところで、奴らの企みを見抜けというのは、無理な相談だろう)

満面不精髭《ぶしょうひげ》まみれで野獣のような筧の顔をもう一度見返した。

(或いは《姫》なら、気づいたか？)

己の胸に湧いた思いを、だが鉄三郎は瞬時に打ち消し、

「行くぞ、篤」

言いざま、つと踵《きびす》を返した。

「え？　お頭？」

そのまま、足早に階を下りはじめる鉄三郎に、篁は驚いて呼びかける。

「何処へ行くんです？」

「最早ここにいても仕方ない」

もう殆ど下に着いてしまったあたりで放たれた鉄三郎の言葉は短く冷ややかだった。

「え？　もう見張る必要がねえってことは、これから寺へ踏み込むってことですかい？」

篁は慌てて立ち上がり、鉄三郎がしたのと同様、殆ど滑り落ちるも同然のやり方で下までおりた。だが、そこには既に鉄三郎の姿はない。足早に山門を出て、同心たちを待たせた場所へと一途に足を速めているところだった。篁は更に慌ててそのあとを追った。

四

寺への突入は、一応万が一の事態を警戒し、寺島の到着を待つことにした。

中にいると筧が主張する二人はおそらく死体であろうが、死体が放置された寺の本堂のほうにはどんな仕掛けが施されているかわからないからだ。

「中にいるのはたった二人ですよ。なんでゆきの字が来るまで待たなきゃならねえんです？」

鉄三郎があまり多くを語らないため、勝手のわからぬ筧は執拗に問うてきた。

「中の二人が、飛び道具を使わぬという保証はない」

説明するのが面倒で、鉄三郎はいい加減なことを言った。

鉄三郎自身は、中にいるのは死体だと思っているのだから、飛び道具で攻撃されるなどあり得ないのだが、筧を納得させるにはそれで充分だった。

或いは、先に出て行った者か、全く別の者が何処かから狙う、ということはあるかもしれないが、鉄三郎が注意深く周囲を確認した限りでは、近くに狙撃手を潜ませられるような場所はなく、遠くから狙うにはそれなりの腕が必要だった。寺島ほどではないが、鉄三郎にも一応鉄砲や火薬についての知識はある。

考えられるとすれば、堂の床一面に煙硝《えんしよう》を撒《ま》き、鉄三郎らが突入した瞬間を狙って火矢を放つか、松明《たいまつ》のようなものを投げ込むことだ。これが最も手軽にできる上、敵に与える打撃は甚大だ。使われる煙硝の量にもよるだろうが、襤褸《ぼろ》寺の本堂くらいなら、簡単に吹き飛ばせる。

（それにしても――）

鉄三郎は沈痛な面持ちでいる。

《雲竜党》の周到さである。

《鉄輪》の残党を森山邸に侵入させる際、ニセの情報を流して目明かしや密偵たちにまで嘘の報告をさせることなど、到底《鉄輪》の残党にできる芸当ではない。《雲竜党》の仕業《しわざ》だろう。ニセの情報に踊らされた鉄三郎らは、高井戸くんだりまで出向く羽目に陥った。

（余程切れ者の軍師がいるに違いない）

森山邸から脱出した虎五郎と孫二郎に尾行がつけられることも想定し、それを逆手にとって罠を仕掛けてくるとは、敵ながら見上げた小賢しさである。

鉄三郎らが千駄ヶ谷に着いてから凡《およ》そ一時ばかり後に、完全武装した寺島靭負が到

着した。鉄三郎と剣組の同心たちが、多聞院の山門内ではなく、荒れ寺の門前で待っていたことに多少驚いたようだが、

「お待たせいたしました」

兎《と》に角《かく》寺島は鉄三郎の前に進み出た。

「随分、早いな」

鉄三郎はやや険しい目をして寺島を睨んだ。

「いや、早過ぎる。未だ充分に休んでおらぬのだろう」

「そんなことはありません」

厳しい鉄三郎の詰問に、閉口しながら寺島は応える。

「充分に休息し、飯も食ってまいりました」

「眠ってはおらぬだろう。目が赤いぞ」

「それはご容赦ください、お頭。気が昂ぶっていて、到底眠れるものではありませぬ」

「仕方のない奴だ」

鉄三郎は漸く愁眉《しゅうび》を開いて苦笑した。

腹が一杯になっても一向に眠れないほど気が昂ぶるのは、火盗改の同心なら誰しも

経験のあることだ。ましてや、下手人を追跡している最中であれば、尚更だった。

「ところで、ここに待機しているということは、私の到着を待っていてくださったのですよね？」

気を取り直した寺島が鉄三郎に問うと、

「おう、もう中には寅三と孫二郎の二人しかいねえんだが、奴らが飛び道具持ってたら厄介だってんで、おめえが来るのを待ってたんだぜ」

横合いから、箟がすかさず口を挟む。

「え？」

寺島の顔色が忽ち変わった。

「二人しかいない、ってどういうことです？」

「よくわかんねえけど、他の奴らは出て行きやがったんだよ。とにかくいまは、二人しかいねえ」

「お頭？」

箟の言葉が要領を得ぬため、寺島は鉄三郎の顔を見る。

「ともあれ、堂内に火薬が仕掛けられていないか、確かめてくれぬか？」

「承知いたしました」

鉄三郎が多くを語らぬことで、寧ろ寺島はなにかを察したのだろう。直ちに本堂の側へと近寄っていった。

先ず風上《かざかみ》に立ち、しかる後注意深く風下《しも》にまわる。

「火薬の匂いはどこからもいたしませぬ」

鉄三郎に報告するまで、僅か寸秒だった。

「よし、入ろう」

鉄三郎は自ら先に立って駆け出した。筧と寺島がすぐそのあとに続く。

「お頭、悪いけど、それがしが先ですよ」

筧は自ら鉄三郎の前に立ち、

「一番手柄は、ずっと見張ってたそれがしのもんですよ」

と言いざま、観音開きの戸に、グィッと手をかける。口では手柄云々《うんぬん》などと言っているが、その本心は鉄三郎の身を庇っての行動にほかならない。火薬の匂いはしない、と寺島は言ったが、飛び道具以外でも、敵を急襲できる武器はある。

それらの武器から鉄三郎の身を護るつもりで両開きの戸を一気に引き開けた筧は、

「…………」

次の瞬間、その場で絶句し、茫然と立ち尽くすことになる。

「なんだぁ、こりゃあ〜ッ」

しかる後、驚嘆の声をあげた。

「く、くたばってやがるッ！」

吠えるように叫んだきり立ち尽くした筧の背後から、鉄三郎は無言で中を覗き込む。

「忠輔、明かりを」

一同の最後尾にいる筈の牧野忠輔に向かって言った。

既にあたりは闇に包まれている。無人の荒れ寺に明かりが灯っていよう筈もない。

扉を開けるなり、筧が堂内の有様を確認できたのは、偏《ひとえ》に彼が夜目に優れているが故だ。

「はい、ただいま」

牧野は手にした提灯《ちょうちん》の蠟燭《ろうそく》に手早く火を点《とも》し、鉄三郎のもとへと運んだ。

鉄三郎はそれを受け取ると、前に立ちはだかる筧の大きな背中を力ずくで横へ退《ど》かせ、堂内に入った。

筧同様、鉄三郎とて夜目は利く。

だから、堂内に、二つの死体が転がっていることは瞬時に確認した。

果たしてそれが誰の死体なのかまでは、未だ確認できていない。

二つの死体は、それぞれ入口に向かって右側と左側の壁に凭《よ》り掛かるように置かれていた。堂内に足を踏み入れると、鉄三郎は先ず、向かって右側の壁に凭り掛かった死体の顔に提灯の明かりをあてて確認した。年の頃は五十がらみ。はじめて見る男の顔だった。おそらく、そのあたりの寺に投げ込まれた無縁仏の骸《むくろ》であろう。奴らはそれを、まるで生ける者の如く見せかけて両側から抱え、堂内に持ち込んだのだ。

次いで左側の死体を照らすと、こちらは見覚えのある男のものだった。

なにしろ、ひと晩、狭い一室にて過ごした男の顔だ。鳩尾《みぞおち》のあたりをひと突きされ、変わり果ててはいても、努《ゆめ》見忘れるものではない。

「孫二郎だ」

背後にいる部下たちに向かって、鉄三郎は言った。

「…………」

鉄三郎の言葉に、同心たちは無言でどよめいた。

「な、なんで、孫二郎が？」

茫然と呟いてから、

「いや、それより寅三は何処だ？」

混乱した寛は狂ったように堂内を確認してまわる。

「だ、誰だよ、こいつ。……こいつ、寅三じゃねえぞ。…こんなやつ、俺は知らねえ」

「寅三は、とっくに逃げたよ」

見ず知らずの男の死骸の襟髪を乱暴に摑みかける篔の手を、見かねた寺島がすかさず押さえた。

「そんな筈はねぇ。俺ァ、ちゃんと見張ってたんだぜ。……寅三は出て来なかった」

「出て行ったんだよ、篤兄」

篔に対する寺島の言葉つきには、珍しく険《けん》があった。

「俺は見てねえ！」

「身なりを、変えてたんだ」

寺島の言葉に、

「なに？」

篔は忽ち、合点がゆかぬ、という顔をする。

そんな篔を憐れむような目で見返しながら、寺島はどこまでも冷酷に引導《いんどう》を渡した。

「この寺に集まった奴らは、みんな、互いに身なりを変えて、入ってきたときとは別人になって出て行ったんだ。…寅三は、さしずめ坊主にでも化けて出て行ったかもしれない。篤兄には、それが見分けられなかった」

「なんだと、てめえ――」

筧は瞬時に激昂し、寺島の胸倉を摑むが、

「…………」

寺島はまるで抗《あらが》わず、されるがままになっていた。それで気がすむなら、好きに殴れ、とでも言うように。

孫二郎は殺され、ともに逃げた寅三こと、《三隅》の虎五郎は姿を消した。

筧が知ったのは、ただ目の前のその事実だけだ。

だが、それで充分だった。己が失策を犯したのだということは、その事実から容易に察することができた。

「口封じのために、孫二郎を牢抜けさせたのだ」

鉛でも呑み込んだように重い口調で鉄三郎が言った。

すべては鉄三郎の誤算だった。

孫二郎を牢抜けさせた《雲竜党》の狙いは、たんに、利用価値のなくなった孫二郎の口を封じることにあった。あのまま火盗改の拷問にかけられれば、おそらく孫二郎は、あることないこと、《雲竜党》にとって都合の悪いことも、洗いざらい吐いていただろうから。

二人を追ってきた火盗改への罠、というのは、さすがに鉄三郎の杞憂《きゆう》であった。高井戸宿の一件で、些か過敏になりすぎていたのだろう。

とはいえ、鉄三郎の目算が外れたことだけは間違いない。

（おのれ！）

鉄三郎は己の杞憂を唾棄《だき》するとともに、卑劣な賊どもに翻弄《ほんろう》されっぱなしの己を激しく呪った。屈辱であった。その屈辱感で、クラクラと眩暈《めまい》がするほどの――。

そんな鉄三郎の様子をいざ目《ま》の当たりにしてしまうと、

「奴らの目論見《もくろみ》がおわかりになった時点で、何故すぐに踏み込まなかったのですか」

という残酷な問いを発することは、寺島には到底できなかった。

もし、そのときすぐに踏み込んでいたら、或いは未だ孫二郎は生きていたかもしれない。ほんの一瞬たりと雖《いえど》も、鉄三郎にそんな後悔をおこさせるわけにはいかない。

だから黙って、鉄三郎を見守るしかなかった。

「奴らは、とことん我らを……火盗改をなぶる気だ」

やがて、ふりしぼるような声音で鉄三郎は言った。

「お頭？」

鉄三郎の異変に、勘のいい寺島はすぐさま気づく。

「許さぬ……許さぬぞ」

「お頭？」

次いで、筧も気づいた。

震えるほどの屈辱の果てに、鉄三郎は少々取り乱していた。

「絶対に許さぬぞ。……よいか、おのれら、本日より、本気で探索せよ。本気とは即ち、死ぬ気ということだ。…《雲竜党》一味に繋がることであれば、どんなに些細なことでも見逃してはならぬ。奴らは、間違いなくご府内のお店を襲うつもりだ。狙いをつけたお店の周辺に、常に見張りをつけている筈だ。今日よりは、金蔵に何万貫も秘蔵していそうな江戸中の大店《おおだな》、すべてを見張るのだ」

「はい。仰せのとおりにいたします、お頭」

寺島と筧は、真摯な表情ですかさず応えた。

答えねば、鉄三郎は益々取り乱すに違いない。鉄三郎のそんな姿は、おそらく誰も見たくないに違いなかった。

「ですが、お頭――」

真摯な表情のまま、寺島は鉄三郎の目を真っ直ぐに見つめ返して言った。

「その前に、いまはここを片付けねばなりませぬ」

「…………」

寺島のその表情を見た途端、潮がひけるようにして、鉄三郎は忽ち正気に戻った。

正気に戻ると、最早ここにとどまってはいられない、との思いに突き動かされる。

「すまない」

短く詫びて、踵を返した。

「あとを頼む」

言い残して立ち去った鉄三郎の後ろ姿を、篁と寺島はしばし茫然と見送った。

「やれやれ、鉄っちゃんも、まだまだ若いのう」

茫然と見送る二人の背後から、不意に丸山善兵衛が言った。

剣組で唯一の年長者であり、鉄三郎とのつきあいも最も長いとはいえ、日頃は決して狎《な》れ口などきかない丸山の、「鉄っちゃん」は、かなり響いた。

それ故篁と寺島も俄然我に返って、

「お頭のこと、鉄っちゃんて呼んでたんですか、善さん？」

「いいなぁ、善さん。鉄っちゃんの若い頃って、どんなだったんですか？」

口々に丸山に問うが、もとより丸山が答えるわけもなかった。

「孫二郎は死んだぞ」

悲痛な面持ちで、鉄三郎はその事実を島次に伝えねばならなかった。

「《雲竜党》に、殺されたのだ」

「え？」

島次は当然問い返す。

「ど、どういうことだよ？」

「どうもこうもない。兎に角、殺されたのだ」

一方的に言うだけ言って、鉄三郎は島次との関係を絶つつもりだった。孫二郎が死んだいま、最早島次を密偵に使うことはできない。それが、鉄三郎なりのけじめであった。

「それ故、これよりお前をとき放つ。何処へなりと、行きたいところへ行くがよい」

「え？」

島次は絶句した。

「何言ってんだよ、あんた」

「何処へなりと、好きなところへ行くがいい、と言っておるのだ。それが、一度は義兄弟の盃を交わした俺からの精一杯の餞《はなむけ》だ。……行った先で、金輪際《こんりんざい》盗みの罪を犯さずにいてくれるなら有り難い」

「…………」

「お前の仲間たちもとき放つ。……お前たちの罪を問えば、即ち、火盗改の役宅へ賊の侵入を許した、という、この上ない恥になるからのう」

牢の前で淡々と述べる鉄三郎の顔を、信じられない思いで島次は見返した。

「なんでだよ？」

「ん？」

「俺を、火盗の密偵《いぬ》にするんじゃなかったのかよ」

「…………」

「だいたい、孫二郎が殺された、ってどういうことだよ？《雲竜党》の手先になってた孫二郎が、なんで《雲竜党》の奴に殺されたんだよ？」

「口封じだ」

仕方なく、鉄三郎は応える。

「孫二郎はおそらく、火盗改に知られてはまずい《雲竜党》の情報を、知っていた。それ故虎五郎は孫二郎を牢抜けさせて連れ去ったのだ」

「じゃあ、孫の野郎は、いまもこの牢にいれば、死なずにすんだかもしれねえんだな？」

最も聞きたくない言葉を容赦なく島次から聞かされて、鉄三郎はいたたまれなかった。

だからといって、逃げ出すことは許されない。

「孫二郎は、お前にとって憎い仇《かたき》であろう」

「ああ、そうだよ」

鉄三郎の苦しい心中など僅かも察することなく、一点の曇りもない口調で島次は言った。

「できればおいらが、この手で殺してやりたかったよ」

「ならばもう、よいではないか。お前の仇は死んだのだ」

「剣崎さん、あんた本気で言ってるのかよ？　孫の野郎はお頭を殺した仇だし、元々いけ好かない奴だったけど、一応仲間だったんだぜ。《鉄輪》のお頭に拾ってもらった、同じ仲間だったんだ」

「…………」

「仲間が殺されたってのに、仇が、どっかで誰かに殺されて死んだ、なんてことですませられるわけ、ねえだろうがぁ」

「では、どうするというのだ？」

「決まってんだろ。火盗改の…あんたの密偵《いぬ》になって、《雲竜党》を追いつめる手伝いをするんだよ、俺は」

迷いのない島次の言葉に、鉄三郎は容易く圧倒された。

（こいつ、漢《おとこ》だ）

しかる後、感動と尊敬の入り混じった目で、改めて島次を見た。

《鉄輪》の敏吉が島次を愛した理由は、見た目の可愛さと真っ正直な気性というだけではなかった。

筋金入りの侠気《おとこぎ》。

敏吉は、それを島次の中に見てとったからこそ、早めに足を洗わせたかったのだ。必要以上の侠気が、何《いず》れ当人の命を縮めることになる、とわかっていたから。

（敏吉自身、その侠気故に命を落としたのだからな）

今更ながらに思ってから、

「あれほど、犬になるのはいやだと言っていた癖に」

鉄三郎は苦笑した。

「うるせえよ。いまだっていやだよ。……でも、お頭を殺した本当の仇が、いつまでも、のうのうとしてやがるのは、もっと、いやなんだよ」

「わかった」

真顔に戻って鉄三郎は応えた。

「ならば、存分に働いてくれ。期待している」

言い置いて背を向けると、

「なあ、剣崎さん」

改まった口調で、島次が呼びかけてくる。

「なんだ」

「あんたと俺は、義兄弟なんだよな？　あの盃は、嘘じゃなかったんだよな？」

「ああ、嘘ではない。お前と俺は義兄弟だ」

「じゃあ、あんたのことは、鉄兄《にい》って呼んでもいいよな？」

「…………」

即座に、「いい」と応えられなかったのは、咄嗟に寛や寺島らのことが頭を過《よぎ》ったからだ。「鉄三郎を敬うこと山の如し」な彼らが、盗賊あがりの密偵・島次がそんな馴れ馴れしい呼び方をするのを聞いたら、果たしてどう思うか、少しく心配になったのだ。

「どう呼んでもかまわぬが、できれば二人だけのときにしてもらえると有り難い」

本人は真顔で応えたつもりだが、そのとき鉄三郎の満面は、あきらかな困惑と羞恥に染まっていた。

第五章　無情の荒野

一

「こうなったら、腹を切るしかねぇ」

と言い張り、実際脇差しを抜いて己の腹に突き立てようとする筧篤次郎を宥《なだ》めるのはひと苦労であった。

「なんで篤兄が腹を切る必要があるんですか」

寺島靭負は、必死でその手を押し止《とど》める。

「お頭に合わせる顔がねえんだよッ」

「お頭は、篤兄のことを責めてなかったじゃないですか」

「責められたほうがまだましだよ」

「馬鹿なこと言ってないで、ほら、危ないから、刀を鞘《さや》に戻して……」

寺島は懸命に筧の手から脇差しを取り上げようとする。

だが、筧の膂力《りょりょく》は並外れているので、ビクともしない。押し止めるのが精一杯で、とても刀を取り上げるまでにはいたらなかった。

「兎《と》に角《かく》、やめてくださいよ」

寺島は懸命に懇願した。

「善さんも、黙ってないで止めてくださいよ」

「いやだね」

だが、日頃は穏やかで誰にでも優しい丸山善兵衛はにべもなく背中から応え、小上がりの角の席で一人酒を飲んでいる。

最前までは、筧も寺島も、同じ小上がりで機嫌よく飲んでいた。

いや、機嫌よく、というのは流石《さすが》に語弊があろう。

寧《むし》ろ、険悪な雰囲気で飲んでいた、というのが正しい。

千駄ヶ谷での始末を終えた剣組の面々が江戸に戻ったときには既に夜が明けていた。

どうせ役宅に顔を出しても鉄三郎はいないだろうと思い、そのまま、皆それぞれ自宅に戻って休んだ。流石に丸二日寝ずに江戸と千駄ヶ谷を二往復したのは応えた。寺島は泥のように眠り、目覚めると猛烈な空腹を覚えた。

なにか食おうと、《よし銀》へ来てみると、筧と丸山も来ていて、真っ昼間から酒を飲んでいる。

非番なのだから、朝から飲もうと昼から飲もうと、誰に文句を言われる筋合いもない。

「俺にも酒をくれ、銀平《ぎんぺい》。それと、なにか肴《さかな》を」

と厨房に向かって言い、丸山たちと同じ小上がりに腰かけた。

「今日はいい黒鯛《くろだい》が入ってますよ、寺島さん」

「じゃ、それをもらおう。刺身と煮付け、両方でな」

厨房からチラッと顔を見せる主人の銀平に、寺島は明るく言った。

「いい気なもんだなぁ」

やがて料理と酒がきて、いそいそと箸をつけはじめた寺島に対して、筧が厭味な言葉をかけた。

「…………」

「《姫》にからむな、篤。千駄ヶ谷から江戸を、二日も寝ずに二往復したんだ。さぞかし腹も減っていよう」

日頃もの柔らかい丸山にしては珍しく、険《けん》のある言い方だった。

それ故一旦は気まずげに口を閉ざした篤だったが、

「わぁ、この刺身、絶品ですよ。よかったら、篤兄も食べてください」

気をまわした寺島が態《わざ》と明るい声音で言った途端、

「いらねえよッ。こちとら、食い物なんざ喉《のど》とおらねえやッ」

ドン、と長床几《ながしょうぎ》に手を突いて怒声を発した。

(なんなんだ……)

寺島は呆気にとられるしかない。

それから篤は自らの猪口《ちょこ》と徳利を持って隣の長床几へと席を移り、そこでグイグイと酒を呷《あお》りはじめた。遂には猪口に注ぐのが面倒になったか、徳利へ直接口を付けて、流し込むようにして飲んでいる。

(一体、なにが？)

という目で寺島が丸山を見ると、

「気にするな。《姫》はなにも悪くない」

聞こえよがしの口ぶりで、丸山が応える。

「ぜ、善さん……」

寺島は仰天した。

まるで筧を挑発しているとしか思えぬ言葉だったのだ。寺島の知る限り、そんな丸山を見るのははじめてで、ただ驚き戸惑うしかなかった。

「いい歳をして、拗《す》ねてやがるのよ」

「え？」

「お頭が、いや、鉄っちゃんが、てめえの相手をしてくれなかったことに、な」

「善さん、それは――」

寺島は慌てて丸山の言葉を制止しようとするが、丸山は敢えて言葉を止めなかった。

「てめえの失敗をお頭から叱ってもらえなかったことに拗ねて、自棄《やけ》になってやがる。見ちゃいられねえ」

「ああ～、そうだよ。どうせ俺は、小せぇ男だよッ」

たまらず筧は立ち上がり、己の頭をぐわッ、と抱え込む。

その様子、恰《あたか》も、人を襲わんとする熊が、二本足で立ち上がり、咆哮しているかのようだった。

（嘘だろ……）

寺島がすっかり毒気を抜かれた次の瞬間、

「もう、こうなったら、腹を切るしかねぇ」

言うなり寛は、店の土間に座り込み、座るなり、脇差しを抜いたのだった。

「やめろ、篤兄ッ」

寺島は慌てて駆け寄り、背後から、寛のその手を抑えようとした。

だが抑えきれず、寛は高々と脇差しを振りかざす。

己の手に余ることはわかっていたから、

「善さんッ！」

寺島は再度、丸山に助けを求めた。

「こっちは酒で忙しいんだ。馬鹿の相手をしている暇なんてないね」

だが、更に冷たく突き放された。

(どうしちゃったんだよ、善さん。仏の善さんじゃなかったのかよ！)

内心途方に暮れつつも、寺島は懸命に寛の腕を摑み続けた。

「離せ、ゆきの字」

寛は、手負いの熊かと思うほどに圧倒的な力で、ジリジリと寺島の手を逃れようとする。

「離せよ」

「いやだ、絶対に離さねぇ」

と言いつつも、矢張り寛の膂力のほうが大きく勝っている。寺島に利き手を抑えられたままで、寛は脇差しの切っ尖を、己の喉元へと向けていた。

腹を切る、と言いながら、寛はどうやら、己の頸動脈を断って死ぬつもりらしい。介錯《かいしゃく》なしに切腹すればなかなか絶命しないということは、人の生き死にが日常茶飯な火盗改の同心にとっては常識だ。それ故、手っ取り早く自死するために、頸動脈を切ろうとしている。

その切っ尖が、いまにも寛の屈強な喉首に迫ろうというとき、

「いい加減にろ、篤兄ッ」

寺島靭負は遂にぶち切れた。

「それでも武士か、寛篤次郎ッ」

「…………」

頭ごなしに一喝されて、寛はハッと動きを止める。

「切腹すると言いながら、なんで喉を突こうとしてるんだよ。それとも、あんた、武士じゃなくて、姫なのか？　ああ、そうか、《姫》は俺じゃなくて、あんたのほうか」

「なっ、なにを、この……」

だが、狼狽《うろた》えた筧の体から渾身の力が抜けたその一瞬を見逃さず、寺島はすかさず脇差しを奪い取り、傍《かたわ》らへ放り投げる。

「この野郎、ふざけやがって！」

次の瞬間、気を取り直した筧は激しく身を捩《よじ》って寺島の腕を振りほどき、振りほどきざまの手の甲で、強《したた》か寺島の右頬を殴った。

「痛《いて》ッ」

寺島の白い頬が忽《たちま》ち赤く腫れあがる。

「なんだよ、篤兄、痛ぇじゃねえかッ」

「てめえが、邪魔しやがるから……」

寺島の剣幕に、さしもの筧も少しくたじろぐ。

「はぁ？　邪魔しただぁ？　ふざけなさんなよ。いい大人が、馬鹿みてえな理由で死ぬとかほざいて、恥ずかしくねえのかよ」

「……………」

「一度失策を犯したなら、なんとしてもそれを挽回しようとするのが武士《おとこ》だろ。それを、腹切ってすまそうとか、なに甘えたこと言っててんだよ」

「お、俺は……」

徹底的に言い負かされた筧に対して、

「お前の負けだ、篤」

丸山が短く引導を渡した。

筧はガックリと項垂《うなだ》れる。

「それより、お前はなんだ、忠輔？」

「え、忠輔？」

丸山の言葉に驚き、彼の視線の先へ目をやると、最年少同心の牧野忠輔が、呆気《あっけ》にとられて店の門口に立ち尽くしている。

「どうした、忠輔？　なんでここにいるんだ？」

やや意外そうに、寺島も呼びかけた。

「下戸《げこ》の坊やが、まさか、酒を飲みに来たってわけじゃねえんだろ？」

揶揄《やゆ》するように寺島が言うと、

「わからんぞ。忠輔とて、立派な火盗の同心だ」

同じく揶揄する口調で丸山が言い返す。どうやら少しく酔いがまわっているようだ。

「いらっしゃい、牧野さん、珍しいですね」

厨房から銀平が顔を覗かせると、

「いえ、わ、私はお頭に言われて……」

忠輔は慌てて首を振った。

寺島の言うとおり、下戸の忠輔は未だこの店の縄のれんをくぐったことがない。だが、主人の銀平は、先代・長谷川の時代から火盗改の密偵を務めているので、同心たちの顔と名前はすべて見覚えている。殉職した忠輔の亡父のことも、勿論よく知っていた。まだ幼さの残る頼りなげな忠輔を、実は、密かに案じてもいる。いまはどこから見ても、面倒見のよい居酒屋の親爺にしか見えぬ銀平だが、その昔、《鵲《かささぎ》》の、と二つ名で呼ばれたこともある盗賊だ。

「なに、お頭だと？」

だがその言葉に反応して俄然《がぜん》顔色を変えたのは、それまでガックリと肩を落としていた筧である。

「お頭がどうしたってッ？」

「お、お頭が、皆さんを、お呼びです」

筧の迫力に気圧されつつも、忠輔は応えた。

「お頭に話があって、お宅を訪ねたのです。そしたら、お頭が、『ちょうどよかった、自分も皆に話がある。呼んで来てくれ』と……この時刻なら、皆、おそらく銀平の店にいる筈だから、と仰せられて……」

「なんだって！　そりゃ大変だ。お頭をお待たせするわけにはいかねぇ、早く行こうぜ、善さん、ゆきの字」

土間に投げ出された己の脇差しを拾って素速く鞘へ収めると、我先にと店を出て行った。

残された者たちは、半ば呆気にとられてそれを見送ることになる。

「篤兄……」

「あの野郎、勘定払わないで行っちまった」

「いいんですよ、ついでのときで」

銀平は笑っていたが、

「そうはいかねぇ。お前の店でツケで飲んだなどとお頭に知られたら、それこそ切腹もんだ」

篤の酒代も寺島のぶんも、結局丸山がまとめて支払った。

「いいところに来てくれたよ、《姫》」

店を出て歩きはじめるとすぐに、丸山が寺島に囁《うろた》いた。

「一体なにがあったんです？　篤兄のあの狼狽えぶり、尋常じゃありませんでしたよ」

「寅三……いや、《三隅》の虎五郎を見逃したことで、お頭は篤を責めなかった。そのことに、すっかり落ち込んじまったのよ」

「でもあれは、お頭自身が、見込み違いをしておられたので——」

「そんなこと、篤の野郎にわかるもんか。お頭が自分を叱らなかったのは、自分が馬鹿で、お頭に見放されちまったからだって、そりゃもう、ひどく打ち拉《ひし》がれてなぁ」

「でしょうね。…目に浮かぶようです」

寺島は苦笑した。

彼らが歩を進めはじめた同じ路上に、既に筧篤次郎の姿はない。鉄三郎の自宅——御先手組の組屋敷がある牛込《うしごめ》の天神町《てんじんちょう》を目指して、猛然と走り出したのだろう。遥か道の先にさえも、その姿は認められなかった。

「まるで、鬼神の走りですね」

「余程嬉しいんだろうよ」

寺島と丸山は口々に言いつつも無意識に足を速めたが、寺島はふと思い返して忠輔を顧み、

「そういえば、お頭になんの話があったんだ、忠輔？」

その顔色を注意深く窺いながら問うた。

「それは、あの……」

忠輔は忽ち言い淀む。

「わざわざご自宅まで伺うのだから、余程大切な話があったのだろう？　我らには聞かせられぬような話か？」

「いえ、そんな……」

「気になるのか、《姫》？」

寺島の追及が忠輔を追いつめる前に、丸山がすかさず口を挟んだ。

「え？」

「お前さんも、篤とたいして変わらんようだな。お頭に頭を撫でてもらわねば気がすまぬ犬のようだぞ」

「そんなんじゃありませんよ」

寺島がすぐ不機嫌にそっぽを向いたのは、丸山もまた、忠輔が鉄三郎を訪《おとの》うたその理由を察している、と知ったためだ。

忠輔の父親は、お役目の最中に命を落とした。それ故彼の母は、偏《ひとえ》に忠輔の身を案じている。できれば、火盗改のような危険な職務に就いてほしくないに決まっていた。

忠輔が、お役目に対してつい過剰な恐怖心を抱いてしまうことがあるとすれば、その根底に、母に無用の心配をかけたくない、という気持ちがあるためだろう。

（お役替えを願い出たのだろう）

ということは、忠輔が、「話があってお頭のお宅を訪ねた」と言ったときから、概《おおむ》ね察しがついていた。

（火盗の敵は常に極悪人だ。誰も、坊やの面倒は見きれねえ。……すべてお頭が決めることだ）

思いつつ、日頃忠輔を揶揄《やゆ》しているくせに、寺島は一抹の寂しさを覚えずにはいられなかった。

火盗改にとって年来の宿敵とはいえ、《雲竜党》の実態については、実はあまりよくわかっていない。

先ず、頭の名さえろくに知られておらず、一説には、小頭格の者が何人かいて、それぞれに手下を抱えている、といわれていた。彼らは日頃てんでに行動しているが、なにか大きな仕事の際には一堂に会し、合議をおこなうらしい。《鉄輪》の残党を引き連れた孫二郎が、もし当初の予定どおりその傘下に入っていたら、或いはそうした小頭の一人として名を連ねていたのかもしれない。

いまから五年ほど前、日光街道沿いの関所が襲われて、関所役人の殆《ほとん》どが殺され、牢に捕らわれていた囚人が逃走する、という事件があった。確《しか》とは断定できないが、《雲竜党》の仕業《しわざ》ではないか、といわれている。他に、そんなだいそれた真似をしでかす賊がいるとは考えられなかったのだ。

それが、《雲竜党》が一つの大きな組織としておこなった最後の仕事である。

それ以来この数年、《雲竜党》が江戸で大きな仕事をした形跡はない。小頭たちは、それぞれの手下とともに小さな稼ぎを繰り返しているのだろうが、その一つ一つを《雲竜党》の仕事というのは、なにか違う気がする。

例えば、筧や寺島たちが捕らえてきた留吉と吉次のような者たちは、《雲竜党》とは名ばかり、何人もいる小頭の更に下にいる末端の者で、合議の内容などに関わっていないし、知る由もないだろう。

だが、このところ、火盗改に対して立て続けに仕掛けられている大胆な攻撃や罠については、《雲竜党》が大きな組織として機能していなければ到底できない芸当だ。

明らかに、組織としての《雲竜党》が暗躍をはじめている証拠であった。

「あれから、俺も頭を冷やしてよく考えてみたのだが」

少し遅れて最後に入ってきた忠輔が末席に着座するのを待って、剣崎鉄三郎は徐《おもむろ》に口を開いた。

「お前たちが《雲竜党》の一味として捕らえた《尖り》の吉次だが、責めに屈して奴が最初に口にした地名を覚えているか？」

昨日、千駄ヶ谷の荒れ寺の堂内で取り乱したときの様子などは微塵もとどめていない。いつもの、剣崎鉄三郎の顔つきと口調であった。

そのことに内心安堵しつつ、

「確か、千住でしたか――」

注意深く寺島は応える。

「そうだ。千住に潜む仲間のもとへつなぎをとりに来た、と吉次は言った」

「しかし、それは偽りであろうと、お頭は見抜かれました」

「その後吉次は、一味の潜伏先を板橋宿だと言った。我らは急ぎ板橋に向かったが、間一髪で逃げられた」

淡々と、鉄三郎は述べる。しかる後、

「どう思う、《姫》？」

唐突に問われ、寺島は戸惑った。

「はて、どう、とは……」

「吉次が、あの折嘘をついていたのかどうか、ということだ」

「吉次は、ともに、頭に命じられた用を為すべく江戸に遣わされた留吉を殺してしまったことで、激しく動顚していた筈です。その後、捕らわれた当初とは別人かと思うほど、こちらの問いに素直に答えておりました。実際、板橋の隠れ家も奴の言うとおりでしたし。……嘘はついていなかったように思いますが」

「俺もそう思う」

とあっさり言ったあとで鉄三郎は一旦口を閉ざし、意味深に口許《くちもと》を笑ませる。

その鉄三郎の笑顔を見て、

（つまり、お頭が言いたいのは……）

寺島も漸《ようや》く、そのことに思い到った。

「千住の仲間に会いに行く、というのはでまかせであったかもしれぬが、千住に仲間がいるというのは、或いは本当のことだったのかもしれぬ」

「え、それって、《雲竜党》の隠れ家が千住にもあるってことですか？」

寛がすかさず口を挟む。

「人は、咄嗟に嘘をつこうとするときでも、思わぬところで真実を漏らしてしまうことがあるものだ」

　淀みない口調で鉄三郎は言い、更に、

「千住も板橋も、四宿の一つだ。その後、ニセの密告状によって我らが誘《おび》き出されたのは高井戸宿。これは、内藤新宿……つまり、千駄ヶ谷を暗示していたのではないかと思う」

　と強い口調で断言する。

「では、奴らの隠れ家は四宿のすべてに？……つまり、品川にも？」

「それはわからぬ」

　逸《はや》る篁の問いに、鉄三郎はあっさり首を振った。

「ただ、千住、板橋、内藤新宿……四宿からであれば、江戸市中に入るのも、江戸から逃れるのも容易い、ということよ」

「では、四宿を隈無《くまな》く探索いたしますか？」

　勢い込んで篁は問いかけたが、

「まあ、待て、篁」

　宥める口調で鉄三郎は制した。

「四宿のうち、板橋と内藤新宿の隠れ家は最早《もはや》ないものと思ってよいだろう。板橋からは既に撤退し、千駄ヶ谷の荒れ寺も我らが曝いた。それに、おそらく品川はないだろう。……東海道は、そもそも《雲竜党》の行動範囲から外れている」

《雲竜党》は関東一円を基盤とする盗賊団だといわれているが、これまでその足どりは、どちらかといえば北関東に向くことが多かった。関八州中の代官所にまわってい
る手配書を見て寄せられる情報も少なくないが、それらの殆どが、日光街道沿いの宿場からもたらされている。

関東から東海方面への出入口である東海道の宿場は、おそらく彼らの縄張りではない、と鉄三郎は判断した。

盗っ人の世界にもある程度の仁義は存在する。縄張り荒らしは、争いのもとである。

「たとえば、甲州街道沿いの宿場であれば、《姫》の足なら、日帰りで何処まで行ける?」

「え、日光街道ではないのですか?」

「内藤も高井戸も、我らを誘き出すための罠ではあったが、こう立て続けに甲州街道沿いの宿場を使ったということは、ある程度土地勘がなければならぬ。甲州街道にも、なんらかの縁があるように思う」

「なるほど。……そうですね、日帰りであれば、せいぜい頑張っても、府中《ふちゅう》…日野《ひの》

あたりまででしょうか。それも、不眠不休で走り続ければ、の話ですが」

「だろうな」

鉄三郎は満足げに肯いた。

「ならば、江戸には戻らぬつもりで何処までも行くとしたら、どこまで行ける？」

「甲州道中を、でございますか？」

「そうだ」

「でしたら、或いは吉野《よしの》か関野《せきの》あたりまで行くことはできるかもしれませぬ」

考えながら寺島が答えると、

「まあ、そんなところだろうな」

鉄三郎は再度肯いた。

「では《姫》は、甲州街道の府中宿、それに吉野・関野まで行ってくれ」

「府中だけでよいのですか？　その近辺の宿場は？」

「府中には、大國魂《おおくにたま》神社がある。かの社には、くらやみ祭という、些《いささ》か不埒《ふらち》な祭礼があり、祭のあいだ、近隣より多くの者が集まってくる」

「ですが、その祭礼なら既に先月終わっておるかと」

「それ故に、なにか足跡を残しているかもしれぬ」

「わかりました。府中で聞き込みをした後、吉野・関野に向かいます」

「篤と忠輔は、千住を中心に、その二つ三つ先の宿場まで隈無く調べよ」

「はい、お頭」

「隅々まで調べ尽くしますッ」

忠輔と篤は口々に答えてその場に指を突く。

「それがしは、何処へ行けばよいのでしょう、お頭？」

「善さんには、別に頼みたいことがある」

自分のすぐ前に座っていた丸山善兵衛の顔を、そのとき鉄三郎は改めて見返した。決してその存在を忘れていたわけではない。丸山には、老練な彼に似合いの役目を負って貰うつもりであった。

二

仄暗さに目が慣れると、猥雑な光景が忽ち露《あら》わとなる。

鉄火場の熱気など、何処も同じようなものだが、はじめて足を踏み入れたそこの空気は、島次のよく知るものとは明らかに違っていた。

かつて《鉄輪》のお頭からも、

「いいか島次、いくら金に困っても、盗人市《ぬすっといち》にだけは足を踏み入れちゃならねえぞ」

常々厳しく言われていた。

もとより島次にはお頭の言いつけに逆らうつもりなどなかったから、盗みの仕事があまりなく、些か手許不如意《てもとふにょい》なときでも、一度として足を踏み入れたことはない。

ただ、一応盗っ人の端くれとして、そういうものが存在し、多くの盗っ人や掏摸《すり》・強盗など、お天道様の下を堂々と歩けぬような悪人たちが密《ひそ》かに集《つど》うのだということは知っていた。そして、その多くは、主に街道筋の賑やかな宿場の何処かに存在するのだということも。

板橋は、内藤新宿に次いで、「飯盛女」と呼ばれる宿場女郎の数が多く、それを楽しみに集まってくる旅人も少なくない。旅籠の数こそ、四宿の中では最下位ながら、賑わいの点に於いては、どの宿場にもひけをとらない。

火灯し頃ともなると、飯盛女をかかえる「飯盛旅籠《はたご》」の軒先の格子の中には、「吉原」の惣籬《そうまがき》さながら、装いを凝らした女郎が並ぶ。

それらの格子の中を、一軒一軒懐手で覗き見ながら、島次はわざと声に出して、

「ちぇッ、やっぱり吉原《なか》と違って、ろくな妓《おんな》いねえなぁ。……盗人市なら、もう少し

ましな妓にお目にかかれるのかねぇ」

と口走ってみた。

何度かそれを繰り返したとき、

「兄さん、盗っ人なのかい？」

耳許にふと囁かれた。

「おう、こう見えても、《鉄輪》の敏吉親分の身内で、島次ってんだ」

躊躇《ためら》うことなく島次は応えた。孫二郎に騙されていたとはいえ、島次たち身内の者でさえ、鉄三郎から教えられるまで、その死を知らずにいた。捕らえた後、密偵として用いる都合もあり、火盗改の者は、いつ何処の誰を召し捕ったかというようなことを、決して外には漏らさない。

名乗りざま、島次はやおらそいつを顧みる。

（あれ？）

なんだ、いないのか、と束の間錯覚したほど、そいつは背が低かった。

「なんならおいらが、連れてってやってもいいぜ」

という応えは、島次の目線のずっと下から聞こえた。見れば、島次の二の腕よりも低い位置から彼を見上げてくる者がある。背丈は低いが、その顔は、四十がらみの中年の親爺であった。

その背丈で、島次の耳許に囁くことができたのは、明らかにそいつが異能の持ち主であるからにほかならない。

「あんたは？」

「《小熊《こぐま》》の恵三《けいぞう》ってケチなこそ泥さ」

「おいらを、盗人市に案内してくれるのかい、《小熊》の兄貴」

「ああ、いい女、抱きてえんだろ？　盗人市なら、ここの女郎たちよりか、五割増はいい女が出てるぜ」

「おい、まじかよ？」

島次は目をギラつかせて《小熊》の恵三に迫った。

「本当に、いい女がいるんだろうな？」

「そうがっつくなって。……いいから、ついて来な」

島次の勢いに気圧されながらも恵三は言い、踵《きびす》を返した。

「武家の妻女から評判の小町娘まで、いい女ばっかりだぜ。拐《かどわ》かしを生業《なりわい》にしてる奴らが目をつけた、極上品揃いよ」

(拐かしを生業に？……)

恵三の言葉に、さすがに島次の心は戦《おのの》き、痛んだが、兎《と》に角《かく》いまは彼について行くしかない。

「へえぇ〜、武家の奥方とかもいるのかい。そいつはすげえな」

適当な言葉を吐きながら、恵三について行った。

飯盛旅籠で賑わう宿場の目抜き通りを外れ、次第に人気《ひとけ》のないほうへと入っていく。そうして行き着いたのが、宿場外れの観明寺《かんめいじ》であった。寺の境内こそは人気もなくシンと鎮まっていたが、いざ本堂に導かれると、凄まじい人声と雑音とに、島次は容易《たやす》く圧倒された。

堂内では、よくあることだが賭場《とば》も開帳されている。

肌脱ぎになった壺振りのあにいと、それを取り巻く者たちの熱気。島次とて、賭場で遊んだ経験くらいはあるが、これまでに経験したことのある賭場の空気と、その場の空気は明らかに違っていた。

「悪いこた言わねえ、間違っても、ここで、丁半勝負だけはするんじゃねえぜ」

「どうしてだい？」

「賭けるもんが、金じゃねえんだよ」

「え？」

「おめえ、盗人市に来るのははじめてか？」

「うん。お頭に、決して行っちゃいけねぇって止められてたから」

小熊に疑いの目を向けられたと覚ると、島次は素直にそう言った。

「なるほど。《鉄輪》のお頭は、噂どおりの堅物なんだな」

《小熊》の恵三はあっさり納得した。

なかなかの消息通でもあるらしい。

「ところで《小熊》の兄貴は、誰の下にいるんだい？」

「俺は、誰の下にもついていてねえよ」

胸を反らして小熊は言った。

「いつだって、一人稼ぎよ。連《つる》むのは好きじゃねえ」

盗人市に来るのがはじめてだと言う島次のことを、相当下に見ている様子だ。内心そのことにむかつきつつも、

「実はな、《小熊》の兄貴、女が抱きてえってのも嘘じゃねえんだが、おいら、それよりもっと欲しいものがあるんだ」

思いきって島次は言った。

「なんだと？　てめえ、いってえ、どういうつもりで――」

「仕事だよ。仕事がほしいんだ」

忽ち顔色を変えかける恵三の言葉を遮るように島次は言う。

「どこかのお頭が、人手を欲しがってるような話、聞かないかい？……うちのお頭は慎重なお人で、狙いをつけたお店のことはとことん調べあげる。調べるだけで、一年も二年もかかることだってあるんだぜ。そのあいだ、なんの稼ぎもねえんだから、こちとら干上がっちまおうってもんだ」

「あきれた奴だな。それで、頭に内緒でこっそり他のお頭の仕事を手伝おうってのか」

「ああ、ここへ来りゃあ、そういう話はいくらでも転がってるって聞いたぜ」

「まあ、ないこともねえんだが……」

言いかけて、恵三は少しく顔を曇らせる。

「ひでえ仕事ばっかりだぜ」

「そうなのかい？」

「考えてもみろよ。身内以外のよその者に手伝わせようって仕事だぜ。とにかく頭《あたま》数《かず》が欲しいだけの急ぎの仕事よ。……女子供まで皆殺しにするようなむごい仕事に決まってらあ」

「たとえむごい仕事でも、背に腹は替えられねえよ」

「おめえ、顔に似合わず、すげえこと言いやがるな」

あきれたように恵三は言い、

「けど、俺はいやだぜ。あんなおっかねえ連中と関わりたくねえや」

顔を背《そむ》けて行ってしまおうとするのを、だが島次は、

「待って、兄貴、おっかねえ連中って、誰だよ？」

その両肩へ手を伸ばして必死に止めた。

「なにしやがんだ、離せ、この野郎」

「だから、おっかねえ連中って？」

「《雲竜党》だよ」

吐き捨てるように恵三が答えるのと、島次がその肩から手を離すのがほぼ同じ瞬間のことだった。


「板橋だけじゃなく、千住と内藤の盗人市もまわってみましたが、《雲竜党》が人を集めてるのは間違いないようです」

「その、《小熊》の恵三というのは、どういう男なのだ？」

島次が話し終えるのを待って、興味津々《しんしん》の顔つきで鉄三郎は訊ねた。

「ああ、自分では『一人稼ぎのけちなこそ泥』だなんて言ってましたが、たぶん嘘ですね。ありゃあ、盗人市の世話人です」

「世話人？」

「女を斡旋したり、……それこそ、仕事にあぶれた盗っ人に口をきいて、仕事の世話をしてやったりするんです。勿論仲介料をとってね」

「なるほどのう。同じ盗っ人の世界でも、さまざまな者がおるものよ」

鉄三郎は妙に感心したように言ったあとで、

「だが、大丈夫なのか、島次？　その恵三という男、千住にも内藤にも来ていたのであろう？　変に思われたのではないか？」

口調を改めて問う。

素性を知る顔見知りができてしまうと、密偵の仕事がやりにくくなる。鉄三郎はそれを案じたのだが、

「仕事に困ってることを強調しときましたから、大丈夫でしょう」

事も無げに島次は言った。

場所は、感じのいい居酒屋の長床几、店の主人も元同業者ということで、すっかり

気が弛んだのだろう。酒もかなり過ごしていた。

「でね、鉄兄――」

と俄《にわか》に砕けた口調になり、

「おいら、《雲竜党》に潜り込んでみようと思うんですよ」

どこまでも軽々しい言葉つきで言う。だが、

「なに？」

これには鉄三郎も顔色を変えた。

「本気で言っているのか、島次？」

「だって、なにかを探るにゃあ、相手の懐《ふところ》に入り込むのが一番手っ取り早いでしょう。密偵の仕事ってのは、そういうことでしょう？」

「…………」

鉄三郎が答えぬため、

「ね、そうですよね、銀平兄貴？」

島次は厨房の銀平に気安く声をかけた。

小上がり四席、長床几六席ほどで、めいっぱい入っても十人がやっとな狭い店内には、いまは鉄三郎と島次の二人きりだ。

それ故些か気を許したのだろう。

「死ぬぞ」

厨房から僅かに顔を覗かせ、日頃燗をつけたり料理を作ったりしているときとは全く別人の鋭い眼をして銀平は言った。

その眼に多少気圧《けお》されながらも、

「どうせ、いつかは死ぬでしょうよ」

迷いのない口調で、島次は応える。

「おいらは、てめえ一人じゃあ身過ぎもできなかったガキの頃、《鉄輪》のお頭に拾ってもらって、こうして今日まで生きてきたんだ。《鉄輪》のお頭は、おいらにとっちゃ、親父も同然よ。だから、是が非でも仇《かたき》をとりてぇ」

次第に酔いがまわるのか、島次の口調はいつしかゆったりしたものになる。

「けど、それだけじゃねえんだよ」

「では、なんだ？」

間髪容《かんはつい》れずに、鉄三郎は問うた。

「お頭みてえに、なりてえんだ」

「敏吉のように？」

「ああ。お頭は、盗っ人ではあったけど、悪人じゃなかった。おいらみてえな身寄りのないガキを食わせるために、仕方なく盗みをしてたんだ。それも、調べに調べて、多少盗られてもどうってことねえようなお店《たな》からしか盗らなかった。……折角こうして生かされてるんだ。おいらも、お頭みてえに、人のためになりてぇ……」

島次の必死の訴えを、胸の震える思いで鉄三郎は聞いた。

人の心には、悪も棲めば善も棲む。そういう意味の言葉を、かつて鉄三郎自身が、先の頭である長谷川から、何度も聞かされてきた。

若い頃には全く理解できなかったその言葉の意味が、漸く近頃理解できるようになった。

それ故にこそ、島次のその言葉はなにより尊いものだと思った。二親《ふたおや》もなく、他に頼れる大人もなく、盗っ人に庇護されて世の中の最底辺を歩んできたような島次でも、そんな真っ当な考えに至れるのは、育ての親である敏吉の影響にほかなるまい。

(だが――)

そこまで思ったとき、鉄三郎は、島次に対する情けを一切振り切るべきだと思った。

一度密偵となったからは、何時何処で命を落としても不思議はない。

「孫二郎は死んだが、寅三……いや、《三隅》の虎五郎は未だ《雲竜党》のどこかにおるのだぞ。もし見咎められれば、なんとする？」

「ああ、虎兄なら、おいらだって満更知らねえ仲じゃねえんだから、寧ろ都合がいいや。仲間になれるじゃねえですか」

「銀平」

つと、鉄三郎が銀平を呼んだ。

「はい」

銀平は前掛けに濡れた手を拭いつつ、そそくさと厨房から現れる。流石《さすが》に鉄三郎から呼ばれては、そうせぬわけにはいかなかった。

「お前、この島次の後見《こうけん》になってくれぬか？」

「…………」

銀平は大きく目を見張って言葉を呑んだ。

当然だ。後見になる、ということはつまり、島次が《雲竜党》の中に潜入したあと、責任を持って彼とのつなぎをとる、ということだ。

折角、堅気の居酒屋の親爺という立場を得て十数年。ときに火盗改の御用も務めてきたが、ここまで重い役割を負わされるのははじめてだった。

だが、ここで「否」と言う銀平ではなかった。それがわかっているからこそ、鉄三郎も彼に頼んだのだ。

三

（やはり、尾行《つ》けられている）

横山宿を出たあたりで気づいた。

心中強《したた》か舌打ちをして、寺島靭負は無意識に足を速める。

（二人三人……ちッ、五人はいる。厄介だな）

できればここは何事もなくやり過ごしたかった。戦って勝てぬ相手とは思わないが、こんなところで無駄にときを費やしたくはない。

一泊した府中宿では、それなりの成果があった。

旅籠の主人をはじめ、大國魂神社の参道にある茶屋の親爺や、境内の掃除をしていた若い巫女《みこ》からも、「今年のくらやみ祭には、いつにも増して目つきの悪い破落戸《ごろつき》のような男たちが大勢出入りしていた」という話を聞き出した。くたびれた着流しに編みの粗《あら》い浪人笠、という旅の浪人者姿の寺島がその美しい満面に人の好い微笑《ほほえ》みを滲ませて話せば、誰でも心を許してくれる。

もとより、祭に破落戸はつきものだが、それだけならば、例年のことだ。「いつにも増して」という言葉は使うまい。

間違いなく、《雲竜党》の者たちが入り込んでいたのだ。なにかを、企んで。

（しかし、府中を出た途端に追っ手が来た。甲州街道の先に、なにかがあることは間違いない。お頭の勘に狂いはなかった）

思いつつ、寺島の表情は無意識に厳しいものへと変わる。

少し足を速めれば引き離せるだろうという考えは、どうやら甘かったらしい。寺島が足を速めても、敵は遅れることなく彼についてきた。

（それに……）

厳しい顔つきで、寺島は少しく首を傾げる。

（あの足どり、どうも侍のようだが）

勿論、盗賊の一味にだって、侍あがりの者はいるだろう。侍でも百姓・町人でも、食い詰めて盗賊になる事情に変わりはない。

（それにしても、まさか五人全員が侍あがりとはな……）

寺島は内心呆れるが、その侍あがりの追っ手の足どりがいやに屈強であることには、大いに閉口した。

それでも歩みを弛《ゆる》めず更に足を速めていったが、そのとき、彼の四肢につと無意識の緊張が漲《みなぎ》った。

道はやや勾配のあるつづら折りになっており、視界は悪い。

その無意識の緊張の正体が、なんであるかを察する以前に、彼の嗅覚がそれを捕らえた。

（火薬？）

寺島の嗅覚は、火薬や煙硝《えんしょう》に対して過敏に反応する。

たとえそれが、風上からではなく、風下に待ち受ける場合でも同様だ。だが、

（まずいな）

銃の飛距離というものを知り尽くした寺島が本気で危機感を覚えるほどに、それは身近に迫っているようだった。

五人の追っ手に気を取られていた、という言い訳はしたくないが、それ以外に、火薬の臭いに気づくのが遅れた理由は考えられない。
（クソッ）
寺島は迷わずつづら折りの街道を外れ、細い脇道に入った。

木々が鬱蒼と生い茂り、足下《あしもと》は覚束無《おぼつかな》い。日頃は、土地の猟師が獲物を追って入り

込むくらいで、到底人が通れる状態ではなかった。当然道らしき道はなく、所謂《いわゆる》獣道の状態だ。その足下の悪さには、さしもの寺島も顔を顰《しか》めざるを得ない。

(これでは日が暮れるまでに吉野に行き着くのは無理かもしれぬ)

と思ってから、

(それが狙いだったのか)

と寺島が気づくまでに、さすがにしばしのときを要した。

だが、あのまま真っ直ぐ街道を行けば、先に火薬を使った罠が待ち受けていることは間違いない。彼のあとを尾行けてくる五人の敵を相手にしながら、同時に飛び道具の攻撃から逃れるのは至難の業だ。

(このことも、しっかりお頭に報告しなければ……)

やることにそつがなく、いちいち手が込んでいる。一介の盗賊一味が考えることとは到底思えない。

(余程優れた軍師がついているのだろう、とお頭はおっしゃっていたが、だとしても、手強《てごわ》すぎる)

思いつつ、足下の悪い山道でも変わらぬ速さで歩こうと、寺島は懸命に先を急いだ。前と後ろから挟み撃ちにされかかっているという焦りもあったのだろう。ゴツゴツした岩場の石の一つに、つと足を取られた。

「あッ」

足を取られてガクッとつんのめった次の瞬間、すぐ耳許を、轟音が掠《かす》める。

ごぉッ、
その音に反応し、寺島は思わず身を躱《かわ》した。銃声だと思ったからだ。先の道で待ち伏せをしていた者が追ってきたとは考えられない。後ろから追ってくる者たちは銃など所持していない。

だから、もしそれが本当に銃声だったとしても、大方土地の猟師が、雉《きじ》か山鳩《やまばと》に向けて放った銃弾であったろう。咄嗟にそう判断できなかったのだから、矢張《やは》り相当混乱していたに違いない。

寺島が身を躱した先は、当然鬱蒼たる藪《やぶ》の中だった。

だが、藪の先に道はなく、突然の断崖が現れる。断崖の先は、おそらく遥か下を流れる一筋の谷川だ。それすらも、生い茂る草が視界を覆っていて確認できないが。

とまれ、なにを思う余裕もなく、

「うわぁ～ッ」

断崖から投げ出された寺島の体は、真っ逆さまに落ちてゆくだけだった。

（痛え――）

ふと身動《みじろ》ぎした際自らの体の痛みで、寺島靭負は意識を取り戻した。

既に日没を迎えていて、あたりは夜の帳《とばり》に包まれている。が、幸いの月夜で、どうにかあたりの景色を確認することはできた。

断崖の高さは、実際にはそれほどでもなかったようで、痛みに堪《た》えつつ、寺島はその場でゆっくりと身を起こすことができた。傍《かたわ》らの川に片足を突っ込んでいたため、水が染みて、着物の半身が濡れてしまっている。なによりも、それが気持ち悪かった。

起き上がると、己の体がどの程度動くかを確認しつつ、先ず、立ち上がろうと試みる。骨をやられていては、おそらく立ち上がるのも困難になる筈だ。

だが寺島は、どうにか立ち上がることができた。

（歩けるかな？）

恐る恐る歩を踏み出すと、全身が砕けるかと錯覚するほどの激痛を感じたが、どうにか一歩進むことはできた。

（これなら、歩ける）

打撲の痛みでクラクラするが、どうやら骨はやられてなさそうだ、と寺島は思った。

一旦河原へ腰を下ろし、痛みが癒えるのを待つが、それはどうやら一刻二刻でどうにかなる痛みではないとわかったので、手探りでそのあたりに転がる流木を拾い、それを杖として再び歩みはじめる。

相変わらず痛みはあるが、悲鳴をあげるほどではない。最も痛むのは川に浸っていなかったほうの左足で、おそらく捻挫《ねんざ》でもしているのだろうと思われた。

落ちたときの状況も、落ちた場所もはっきりと覚えている。それ故、自分がどちらの方角へ行けばよいのかはわかっているつもりだった。

(小仏《こぼとけ》の関《せき》まで行き、身分を明かして助けを請うしかない)

冷静にそう判断した。

関所役人は、寺島の身なりを見て思いきり怪しみ、或いは不審人物と見なされて一時的に牢に入れられてしまうかもしれない。

だが、寺島が甲州街道沿いで消息を絶ったと知れば、鉄三郎は必ず、関所に使いを送ってくれる筈だ。

関所の警備は厳しく、鉄砲・火薬他の武器、科人《とがにん》を捕縛するための捕縄《とりなわ》や手鎖《てぐさり》も常備されている。手配書の科人がいつ関所破りをして遠国への逃亡をはからぬとも限らぬためだが、賊に狙われている寺島にとっては安全な隠れ場所でもあった。

（それにしても、見事な月夜だな）

妙なことに感心しながら、痛む足を引き摺って寺島は歩いた。

川沿いに歩いていた筈なのに、いつのまにか、川が消えている。

（え？）

寺島は焦った。

冷静に判断しつつ動いていたつもりが、どうやらそうでもなかったらしい。

痛みやらこの状況やらに激しく動揺し、無意識に歩いてしまった。いや、歩かずにはいられなかった。

（ここは何処だ？）

絶望的な気分に陥りつつ、寺島はつと、四方を見まわした。

一方には鬱蒼と生い茂る雑木林、一方には荒涼とした河原。

行く先にも道らしい道はなく、到底何処へも行き着けるとは思えない。

（なんだ、あれは？）

絶望した寺島の視界の中に、ふと奇妙なものが見えた。はじめは錯覚かと思った。

だが、じっと見据えるうちに、その、遠くそびえる黒い異様な形がなんであるかを、
己の記憶の中に見出《みいだ》すことができた。

寺島の記憶に間違いがなければ、小仏峠にほど近いこのあたりは、戦国の昔なら、北条氏《ほうじょうし》の勢力圏であり、そのため要塞としての山城《やまじろ》も多い。

（あれは、山城だ）

と理解した次の瞬間、だが寺島はその場に立ち尽くす。

人が、来る。先ず複数の者の足音を感じ、次いで話し声が聞こえてきた。

この時刻、こんな山中に分け入って来る者たちなど、どうせろくなものではない。

（大方、兇状持ちの罪人か山賊だ）

自分のことはさておき、寺島は思った。

咄嗟に近くの木の幹陰に身を隠そうとするが、生憎《あいにく》痛めた足では素速く動けない。

（このままでは、見つかる――）

思った瞬間、寺島は不意に背後から強く腕を摑まれ、傍らの藪《やぶ》へと引き摺り込まれた。

「…………」

思わず驚きの声を上げようとする口も、すかさず塞がれる。

「おい、いまなにか聞こえなかったか？」

「なにかって？」

「あのへんで、ガサガサって……」

「獣でもいるんだろ。こんな時刻、こんなところへ入ってくる奴なんざ、いやしねえよ」

「それもそうだな」

「だいたいお頭は、用心深すぎるのよ」

山賊か兇状持ちかはわからぬが、三人の男が通り過ぎて行った。顔はよく見えなかったが、着物の尻を端折《はしょ》り、股引《ももひき》の裾《すそ》を脚絆《きゃはん》で締めた旅人姿のようだった。

(盗みにでも出かける途中かな)

足音と話し声が遠ざかってゆくのを聞きながら、思うともなく寺島が思ったとき、

「旦那」

耳許で、聞き覚えのある声が低く囁く。

口を抑えた手からも解放され、寺島はゆっくりと首を巡らせる。そこに誰がいるのかを確認しようと思ったのだ。だが、実際月明かりに映るその顔をひと目見るよりも早く、

「寺島の旦那」

「銀平」

寺島はそれが誰なのかを知った。

低くひそめていても、特徴のある声だ。それも、江戸にいれば三日とあけずに聞いている。

「どうしてお前が、こんなところに？」

「つなぎですよ、島次の」

「島次の？」

《鉄輪》一味の生き残りである島次が火盗改の密偵になったことは聞いているが、具体的にどんな仕事をしているかまでは知らなかった。密偵の仕事内容が、いくら味方とはいえ、周囲に筒抜けでは密偵の意味がない。

「島次は、自ら進んで、《雲竜党》一味の中に潜り込んだんです」

「なに、一味の中に？」

「ええ。一味が、すげえ勢いで人を集めてるってことを聞きつけてきて、自分から、剣崎様にそう申し出たんですよ」

「それで、すんなり一味の仲間になれたのか？」

「奴らよっぽど、人手が欲しいんでしょうね。仲間になるとすぐ、隠れ家に連れて行かれました」

「なに、隠れ家！　この近くに、奴らの隠れ家があるのか？」

「ええ、あそこにちょっと見えてるでしょう」

と銀平が指差したのは、最前寺島も見つけた、黒く異様な形の建物であった。

「あの山城が、奴らの隠れ家なのか？」

「千住や板橋で仲間に入った奴らも、みんなあそこに連れて来られるんだと、島次が言ってました」

「もうつなぎをとったのか？」

「日に何度か、城の近くの見廻りを言いつけられるそうです。…さっき通った三人も、おそらく見廻りでしょう」

「なるほど、それは確かに用心深いな」

呟《つぶや》くように言ってから、寺島はしばし考え込んだ。

できれば一刻も早くこの事実を鉄三郎に伝えたいが、いまの自分の足の状態では江戸まで一日で行くのは無理かもしれない。

「旦那、怪我をなさってますね」

寺島の心中を慮《おもんぱか》るように銀平は言い、更に、

「このちょっと先に、俺が寝泊まりに使ってる木樵《きこり》小屋があります。怪我が癒《い》えるま

で、旦那はそこに隠れててくれませんか」

と有無を言わさぬ口調で指図した。

「剣崎様へは、俺がお知らせに参ります」

「島次とのつなぎはどうする？」

「隠れ家の場所までわかってるんです。もう、危ねえ橋を渡ってつなぎをとることもねえでしょう」

と口許を笑ませた銀平の顔は、月影の下であることを差し引いても、充分な凄味があった。さすがは、頭を張っていたほどの男だと、寺島はすっかり感心した。

四

寺島靭負が木樵小屋に潜伏してから三日が過ぎた。

銀平が自分のために用意したと言うとおり、飲み水と多少の食糧の備蓄もあり、大変助かった。飲み水や食糧を求めてあたりをうろつけば、山城の見廻りの者に見つかってしまうかもしれないからだ。

捻挫の痛みもおよそ癒え、そろそろいつもどおりに歩けるだろうと判断した寺島靭

負が出立の支度を調えているところへ、唐突に、

「生きてるか、ゆきの字〜ッ」

激しく息を切らせた筧篤次郎が駆け込んできた。

「篤兄……」

寺島は即ち絶句するしかない。

「心配したんだぞ、おい、わかってんのか、お前――」

いきなり両腕を伸べてガシッと寺島の肩を摑み、絞め殺す勢いで抱き寄せる。

「生きてて、よかったなぁ」

「い、痛いよ、篤兄」

苦痛に顔を歪めた寺島が、咄嗟に苦情を述べずにはいられぬほど、その抱擁は強烈だった。

「うるせえよ。折角来てやったんだから、少しは喜べ」

「そりゃ、有り難いけど、なんで篤兄が?」

「俺だけじゃねえよ。…お頭や善さんも、それに忠輔や他の連中だって来てるよ」

「え？」

野生の熊もさながらな筧の抱擁から漸く逃れて、寺島は問い返す。

「剣組の全員出動だよ」

「全員？」

「あ、全員出動って言っても、高井戸宿のときみてえに、全員で隊列を組んで来たわけじゃねえよ。目立たねえように、何組にも分かれて、ときもずらして発ったんだ。……お前の迎えは俺の役目よ」

「お頭の指図で？」

わかりきったことを、寺島は訊いてみた。

不思議でならなかったのだ。日頃の筧は相当な方向音痴で、それ故に探索の仕事には最も向かない。この小屋の場所を、銀平から些細に教えられたとしても、彼の感覚では到底辿り着ける筈がないのだ。

「篤兄、一人で来たの？」

だから、恐る恐る重ねて訊いた。

「いや、忠輔と一緒に来た」

と答えた筧が顧みた先、小屋の入口から望める視線の先に、懸命にこちらへ向かってくる旅装束の小柄な武士の姿が見えた。

「ああ、忠輔ですか」

寺島は納得した。

牧野忠輔は実戦経験に乏しく、そのため、火盗改の勤めに対して多大な恐れも抱いているが、決して愚鈍な若者ではない。寧ろ、聡明といっていい。聡明な者ほど、危険に対する恐れが強くなる。

「そういや、忠輔の野郎、ここへ来るまで、そりゃあ五月蠅《うるさ》く俺に指図しやがってよう。…違います、筧さん、こっちです、銀平はこちらの道を行くように、と言いました、とかなんとか。……あんなガキみてえな面《つら》しやがって、下手《へた》すりゃ、お前より細けえんだぜ」

「そうですか、それは大変でしたね」

筧の愚痴に調子を合わせつつ、だが寺島は、

(ありがとう、忠輔)

心で礼を述べていた。

もし筧一人であれば、筧はここへ辿り着けなかっただけでなく、肝心なときにものの役に立たない、という羽目に陥っていたかもしれない。

(そう、急がずともよい。ゆっくり来い、忠輔)

そう思うと、懸命に歩を進める、そのだぼだぼの道中装束さえもが、たまらなく愛

おしく思えてくるのだった。

「善さんが、吉次から聞き出してくれたのだ」

約束の場所である小仏宿の一里塚に一同が参集したとき、寺島の顔を見ながら鉄三郎は言った。

部下の無事な姿を見ても格別の感慨も見せぬその冷徹さに、寺島は内心鳥肌だつ思いだ。

「《雲竜党》には、山賀三重蔵《やまがみえぞう》という、武家出身の軍師がついているそうだ。いま、実際に奴らの指揮をとっているのも、その山賀だろう。吉次も詳しくは知らぬようだが、どうやら、この数年でお取り潰しになった小藩の旧臣であるらしい。山賀の目的は、幕府への復讐だ。そのために、盗賊にまで身を落とした」

鉄三郎は淡々と事実を述べてゆく。

「あの山城には、おそらく、五十人から百人に近い者が潜んでいる。……日に日に数を増やし、なにを企んでおるのかはわからぬ。わからぬが、兎に角、殲滅《せんめつ》する。奴らに、生きて再び江戸の地を踏ませるわけにはゆかぬ」

「もとより、命に替えましても！」

やや芝居がかった口調で答えてから、

「それがしの弓や鉄砲も、お持ちいただいたのですね」

ふと目を伏せて、寺島は言った。

「当然だ。お前の飛び道具は、貴重な戦力だからな」

鉄三郎の言葉は、容易く寺島を打ちのめした。

銀平がどう報告したのかは知らないが、傷ついて歩行すら危うい部下が、果たしてそのとき使いものになるかどうか、判断する術はない。なのに鉄三郎は、寺島を貴重な戦力と見なしてくれた。感動に身のうちが震えるのも当然である。

「最も、お前の得物を実際に運んだのは、篤だ。篤に、礼を言えよ、《姫》」

「はい。もう充分に申しました」

と答えた瞬間、すぐ隣にいた篔から、

「嘘つけ、この野郎ッ」

猛然と、襟髪《えりがみ》を摑まれた。

「俺様が迎えに行ってやったのに、てめえは一言も礼を言わねえどころか、ちっとも有り難がりやがらなかったじゃねえか」

「許して、篤兄。……心から、感謝いたしております」

その怪力に閉口しながら、切れ切れの声音で寺島は言った。

「そうやって、てめえはいつも口ばっかりだな」

「そんなことありませんよ。本当に感謝してますって」

二人のやりとりに、忠輔をはじめ、緊張に身を強張《こわば》らせていた同心たちが一様に表情を弛め、笑顔になったことは言うまでもない。

（それでよい）

皆の笑顔に、鉄三郎もまた安堵していた。

その夜は、《雲竜党》の隠れ家を背後から望める小山の上で野営し、翌日以降に山城を攻略するつもりであった。

ところが、翌朝予想だにしなかった異変が生じた。

最年少同心・牧野忠輔の姿が、野営地から忽然と消えていたのである。

「野郎、さては怖じ気づいて逃げ出しやがったな」

「まさか、ここまで来て、それはないでしょう」

寛が即座に決めつけるのを、寺島は懸命に宥めようとするが、

「だが、戦いを怖がっていたのは確かだ」

温厚な良識派の丸山までが寛の言葉を肯定するかのような言葉を吐く。

「お頭はどう思われます?」

「逃げたのではないとすると、忠輔は何処へ行ったと思う?」

「それは……」

逆に問い返され、しばし言い淀んでから、

「たとえば、深夜一人で用を足しに行き、戻ってこられなくなった、とか……」

寺島は恐る恐る言葉を継いだ。

「何故、戻ってこられなくなったのだ?」

「それは……」

「いい大人が、まさか迷子にはなるまい」

言い切られると、寺島には一言もない。実は寺島の頭には既に一つの可能性が浮かんでいるのだが、それを口にするのが躊躇われたのだ。

寺島が躊躇ったことを、

「用を足しに行ったところを、《雲竜党》の賊に捕らえられた、と考えるべきだろう」

だが鉄三郎は易々と口にした。

寺島も含めて、否定しようとする者は一人もいなかった。

五

一筋の汗が項《うなじ》を伝い、背中まで滴《したた》っている。

真夏の強い陽射しが、もう半刻以上も、剣崎鉄三郎の精悍な面に容赦なく照りつけていた。しかし、暑さなどまるで感じぬのか、真っ直ぐ前を見据えた視線は存外涼しげだ。

鉄三郎の視線の先には、荒涼たる風景が広がっている。

正面は殆ど草木も生えぬ剝き出しの山肌。その中腹に、不思議な形の館が建っていた。二層から成るその館は、おそらく、戦国の昔からある山城だ。但し、石垣はなく、ただ四方を見渡せる背の高い物見櫓《ものみやぐら》が屹立《きつりつ》し、山中の砦《とりで》といったおもむきを呈している。その櫓も、相当老朽化して半ば傾き、いまにも倒壊しそうではあったが。

(だが、あの櫓があるせいで、これ以上先に進むことはできぬ)

鉄三郎は心中激しく歯嚙みする。

櫓の上には当然誰か見張りの者がいて、砦に近づく不審者がいないか、四六時中目を光らせている筈である。下手《へた》に近づけば警戒され、すべてが終わる。

《雲竜党》の隠れ家であるその山城——砦を包囲した鉄三郎と剣組同心たちは、この数日不眠不休で砦を見張っていた。

「お頭——」

そのとき、不意に背後から低く呼びかけられて、鉄三郎は我に返る。

土地の木樵を装って砦の近くまで物見に行った筧篤次郎が戻ってきたのだ。

「なにか、動きはあったか？」

「いえ、特には——」

筧は、頭に被っていた薄汚い手拭いで額の汗を拭いつつ、その大柄な体にも似ぬ俊敏な身ごなしでスルスルと鉄三郎の背後に近づく。

「櫓の上には、相変わらず常時二人の見張りがいて、一刻毎《ごと》に交替しています」

「そうか」

「ですが、夜になれば見張りも役には立ちますまい。日没を待ち、夜陰に乗じて討ち入りましょう、お頭」

「…………」

筧の言葉を聞き流した鉄三郎がチラッと顧みると、矢張り大柄な体にこの暑さが応えるのか、筧の満面からは滝のような汗が噴き出している。

「水を飲め、篤。飲まねば死ぬぞ」

「なんのこれしき――」

「たわけ。妙なやせ我慢をして、いざというとき、思うような働きができなんだら、なんとするかッ」

頭《かぶり》を振って平静を装おうとする筧を、鉄三郎は厳しく叱責した。

「養生所の立花先生の言葉を忘れたか。夏場、多量の汗をかいたら、必ず、同じだけの水を飲んで水分を補うように、と言われておるだろうが」

「はっ、申し訳ありませぬ」

筧は合点し、すぐに自らの腰に下げた竹筒の水筒を手にした。ングングと激しく喉を鳴らしながら部下が水を飲むさまをしばし黙視してから、

「それで、忠輔があの中に捕らわれていることは確認できたか？」

炎天下でも顔色一つ変えぬ鉄三郎が問いかけると、

「それが……」

水を飲み終えた筧は、言いつつ、木樵装束の懐から、やおらひとふりの懐剣を取り出して見せる。

「これは、忠輔の？」

「はい、砦の周辺に落ちておりました」

その柄頭《つかがしら》に打たれた家紋は、丸に三つ柏《かしわ》。牧野家のものに相違ない。

「それがしは、忠輔がこれを持ってるのを見たことがあります」

と断ってから、

「忠輔は、賊の虜《とりこ》となってあの砦に連れ込まれる際、咄嗟に、形見のこの懐剣を投げ捨てたのでしょう」

沈痛な面持ちで筧は述べる。

「…………」

鉄三郎は無言で考え込んだ。

彼が率いる剣組の野営地から、牧野忠輔の姿が忽然と消えて、三日が過ぎた。

当初の予定では、砦の周辺を探索し、夜間の見廻りに出て来た島次とつなぎをとって砦の搦手《からめて》を開けさせるつもりだった。だが、忠輔が捕らわれている可能性がある以上、迂闊に攻め入ることはできない。

「怖くなって江戸に逃げ帰ったのではないか」

と疑っていた筧も、最早露ほどもそんなことを思ってはいなかった。

「我らに、己の居所を知らせようとしてのことに相違ありませぬ」

との筧の見解に、おそらく誤りはないだろう。だが、

「果たして、そうかな」

皮肉な口調で鉄三郎は応じた。

「我らにそう思い込ませるための、敵の罠ということもある」

「た、確かに――」

鋭く指摘され、筧は容易く言葉を失う。鉄三郎の思案を神の如く崇《あが》めるが故だ。

「だが、罠だとすれば、寧ろ好都合。我らが奴らの許へ駆けつけるまでは、忠輔は生かされていよう」

「何故わかります？」

「生かしておかねば、人質としての意味がないからだ。……我らが館に討ち入ったとき、『こやつの命が惜しければ刀を捨てろ』と奴らに牽制されても、息をしている忠輔を目の当たりにせねば、我らは決して従わぬ。それくらいのことは、奴らにもわかっていよう」

「なるほど」

「だが、篤、仮に、息をしている忠輔を目の前にしても、俺は奴らの言いなりになるつもりはないぞ」

「え？」

「わかっているな、篤次郎。……もとより忠輔とて、わかっていよう。我らのお役目は、ただ賊を捕らえることだ。断じて、賊の脅しには屈さぬ」

「はい、わかっております」

深く項垂《うなだ》れながらも、篤ははっきりとした声音で答えた。

「若輩ながら、忠輔とて火盗の……剣組の一員です。覚悟はできておりましょう」

「…………」

鉄三郎は、無言で俯いた。

世間から《鬼》と呼ばれる身ではあるが、心まで、正真正銘《鬼》に徹しているかと言われれば、極めて微妙だ。今回、忠輔の消息が途絶えたとき、誰よりも心を痛めたのは、鉄三郎だった。火盗改に配属されてまだ日も浅く、手練《てだ》れの同心たちに比べると頼りない忠輔ではあるが、その一途さと若さ故の純真さを好もしく思っていた。何《いず》れときが経ち、経験を積めば、一人前の火盗の同心になるだろうと信じていた。

だが鉄三郎は、そんな心中など微塵も表情にはださず、

「今宵、夜襲をかけるぞ」

傲然と言い放った。まさしく、鬼の形相で。

「え？　こ、今宵でございますか？」

「何故問い返す？　お前もさきほど、そう進言したではないか」

「それはそうですが……」

寛は戸惑い、言い淀む。

鉄三郎が今日まで砦への突入を躊躇っていたのは、捕らわれた忠輔の身を危惧してのことだと寛は思っていた。それ故、忠輔が捕らわれていることを確信した途端、突入するという非情さに、少しく戸惑ったのだ。

「連中は、仲間を質にとられた我らが手出しできぬであろうと侮《あなど》り、油断しておるだろう。この好機を逃す手はない」

鬼の形相を冷たく笑《え》ませて鉄三郎が言うのを、さしもの寛も内心戦《おのの》きながら聞いていた。

「全員、配置についたか？」

物見から戻ったばかりでやや荒い息を吐く寛に、振り向きもせず鉄三郎は問う。

「はい」

寛は短く応えるだけでよかった。

日の入りとともに、昼間の暑さは鳴りを潜め、かなり過ごしやすくなっている。

それでも、土地柄故、濃密な草いきれはいまなお周囲に充満していて、江戸市中の乾いた空気に慣れた火盗改の同心たちには辛いことだろう。

鉄三郎自身、ともすれば、いまにも窒息しそうな閉塞感に苛《さいな》まれる。

日は没したが、その代わり、いまは十五夜の満月がその頭上にあった。

それ故、真っ直ぐ見据えた視線の先に、山肌の中腹にそそり立つ古びた山城の姿をすっかりとらえることができた。戦国の昔、小なりとはいえ、百石取り程度の侍大将が守ったであろう堅牢な砦も、いまや極悪な盗賊の住み処と化している。上杉《うえすぎ》か北条か、砦の持ち主はわからぬが、まさか、将来盗賊の根城にされるとは夢にも思わぬことであったろう。

「では、行くか」

短く告げて、鉄三郎は走り出した。

「お、お頭……」

篁は慌ててそのあとを追う。

なだらかな下りの斜面には、背丈ほどの葦原《あしはら》が広がっている。月明かりはあっても、視界はかなり遮られる。

だが、それをものともせずに、鉄三郎は走る。その足どり、四十半ばになろうという男の走りではない。

（矢張りこのお方は、鬼神だ）

と内心舌を巻きながらも、筧はそのあとに続いている。体の大きさのぶん、筧のほうが辛い筈だが、多少息を荒げるだけで、遅れることなく、鉄三郎について行った。筧もまた、鍛え抜かれた肉体の持ち主だ。

葦原を抜けて視界が広がると、館の周囲に配置した部下たちの姿も見えてくる。彼らは皆、籠手《こて》に脛当《すねあて》、鉢金《はちがね》といった小具足《こぐそく》で武装し、油断なく身構えていた。低く腰を落とし、刀の鯉口《こいぐち》を切った状態で――。

もとより、周囲の空気に溶け込み、完全に気配を消している。

館の出入口まであと五十歩というところで足を止めた鉄三郎は、ふと傍らを仰ぎ見た。

傍らの山毛欅《ぶな》の枝上には、完全に葉と同化する色の着物を身につけた寺島靭負が、弓矢を番《つが》えた状態で待機している。双方ともに夜目がきくため、仰ぎ見た鉄三郎と、当然目が合う。

（やれ――）

鉄三郎は無言で促した。
寺島のいる枝上は、地上から優に六間以上は離れている筈だが、その無言の指令を、寺島は僅かも見逃さなかった。
寺島は番えた矢を、館の中に向けて放つ。
矢は、シュッ、と弧を描いて虚空を飛び、館内に入る。入ったとほぼ同じ瞬間、
ぎゃはぁ～ッ、
という断末魔の悲鳴が、建物の内から聞こえる。それも、複数。寺島が放った矢は一矢だが、一矢を以て同時に二人以上の敵を射抜く技に、彼は通じていた。
それ故、邸内にいる者たちの狼狽は甚《はなは》だしかった。
「て、敵襲だぁーッ」
恐怖に駆られて一人が叫ぶと、忽ちその動揺が仲間うちに伝播する。
寺島は次の狙いを囲いの外から僅かに覗く篝火《かがりび》の中心に向けた。即ち、放つ――。
矢が、炎の中心を射抜いた瞬間、炎は、
ぐわッ、
と大きく爆《は》ぜ、四囲に激しく火花を飛び散らせる。寺島が放ったのは、鏃《やじり》に火薬を仕込んだ特製の矢であった。

飛び散った炎は忽ち周囲に広がり、

「か、火事だぁ〜ッ」

と狼狽えた者が数人、自ら砦の入口を開ける。我がちに、外へ逃れようとして——。

「行くぞ、篤ッ」

入口の扉が開かれるのを待って、鉄三郎は再び走り出した。

「おお〜ッ」

篤も迷わずそのあとに続く。

二人は瞬時に館の正面に到る。

自ら抜刀して館の中へと飛び込みざま、

「かかれぇーいッ」

館を包囲するすべての部下たちに届けとばかり、号砲にもひとしい怒号を、鉄三郎は発した。

その間にも、
ざッ、
ズシュ、
ぎゅんッ、

寺島の続けざまに放つ矢が、入口付近にいる者たちを的確に射る。

砦の四方に配置されていた武装の同心たちもまた一斉に抜刀し、鉄三郎に続いて素速く砦内に侵入する。

侵入すると、迷わず建物の雨戸を突き破った。

「うわぁッ」

「な、なんだ」

篝火の周辺で見張りをしていたのは十人ほどで、残りの者は中で酒を飲んだり博奕《ばくち》をうったりと、緊張感のないこと、甚だしい。

彼らは、飛び込んできた剣組の同心たちを見ると、皆一様に恐怖の表情を浮かべて戦《おのの》く。

「火付盗賊改方である。一同、神妙に縛《ばく》につけいッ」

砦に突入する瞬間、鉄三郎は怒鳴ったが、同心たちが雨戸を蹴破った直後にもう一度同じ言葉を口にした。

「げっ、火盗ッ」

火薬をぶち込まれて爆発した篝火の炎は、手近な戸板や柱に燃え移り、猛然と燃え上がる。不意に出現した火盗改の恐怖にくわえて、いまにも燃え広がらんとする炎の恐怖は絶大だった。

「に、逃げろ〜」

「助けてくれぇ〜」

だらしなく逃げ惑う者たちには、鉄三郎も一瞥もくれなかった。

「畜生ッ、火盗めぇッ」

「だ、誰がてめえらの言いなりになるもんかッ」

怖れもせずに得物を手にして打ちかかってきた者だけを、的確に斬り捨てた。

「か、数《かず》じゃあ、こっちが断然勝ってるんだからな」

「ああ、返り討ちだぁッ」

荒々しい怒声とともに、博徒の用いる長脇差しを構えて背後から斬りつけてきた男の一人を、

「………………」

鉄三郎は一刀に斬り捨て、斬り捨てざま、

「火付盗賊改方与力、剣崎鉄三郎」

少しも呼吸を乱すことなく、静かに、よくとおる声音で名乗った。

「剣崎…」

「鬼剣崎……」

その瞬間、賊どもの中の数人が、微妙に反応した。

「こ、こいつら、剣組《つるぎぐみ》……」

一人の男の低い呟きで、賊どもの顔色が瞬時に変わる。

「おぅ、俺たちゃ、まさしくその剣組よッ」

鉄三郎の背後から得意気に躍り出た箟が、馬鹿でかい地声を放つに及んで、その場にいた賊どもが挙《こぞ》って動揺したことは言うまでもない。

「てめえら、わかってんだろうな、おい、俺たちに目を付けられて逃げおおせた悪党は、未だかつて一人もいねぇんだからなッ」

三間柄《さんげんえ》の大槍をぶんぶん振りまわして威嚇しながら、箟は喚《わめ》いた。

剣組、という呼称とこの箟の恫喝によって、おそらく、賊の半数は戦意を喪失した筈である。それを見てとった上で、

「かかれぇ～いッ、逆らう者は、容赦なく斬り捨てよッ」

鉄三郎は再度命じた。

そして自らもその場から大きく歩を踏み出しつつ、刀を一閃。目の前に立ちはだかる一人を袈裟懸《けさが》けに両断する。

「ぐがはッ」

そいつは瞬時に絶命し、大きく仰《の》け反《ぞ》りながら背後に倒れた。

「てめえら、観念しろいッ」

負けじと筧も槍を奮い、手近の敵から的確に斃《たお》してゆく。そこへ、ゆるりと分け入ってきた影が、音もなく、筧の背後を襲おうとしていた敵を斬り捨てざまに、

「ほれ、後ろががら空きだぞ、篤次郎」

躊躇《ちゅうちょ》なく刀をふるう冷酷さとは無縁の、ふわりと柔らかい声音で告げる。丸山善兵衛だった。そろそろ還暦を迎えようという年齢ながら、若い頃からの鍛錬のおかげで、矍鑠《かくしゃく》たるものである。

「すまねぇ、善さん」

筧は素直に丸山に詫びた。

剣組の同心たちは、見る見る敵を斬り伏せてゆき、圧倒的な多勢で勝る筈の盗賊側が、容易く窮地に陥《おちい》った。

剣組の攻撃があまりに苛烈で、如何に多勢の雲竜党もひたすら守りにまわらざるを得なかった。臆病風に吹かれて逃げ惑う者につられて逃げ出す者が多かったことも、守勢に立った一因でもあったが。

（何故、人質の忠輔を盾にせぬ？　まさか、本当に殺してしまったのか？）

だが鉄三郎は、敵の数が目に見えて減りゆくほどに、奇異を覚えた。

どうにも敵の身の処し方がお粗末すぎる。それに、指揮官らしき者の姿がどこにもない。

（山賀とかいう軍師、相当な切れ者と思うたが、このていたらくはどうしたことだ）

鉄三郎の疑問が、やがて賊の先行きを案じずにはいられぬほどにふくれあがっていったところで、

「やい、鬼剣崎ッ」

漸く鉄三郎に呼びかける者がある。

鉄三郎は足を止め、そちらを顧みた。

「て、てめえッ、仲間の命が惜しくねえのかよッ」

一党の頭と思われる男からの呼びかけだった。

鉄三郎以下、筧や他の同心たちも皆、一斉に動きを止め、声のしたほうを顧みる。

「てめえら、いますぐ得物を捨てなきゃ、こいつをぶっ殺すぜ」

と言い放ったのは、神経質そうな痩せぎすの中年男で、手にした得物も安っぽい長

ドスだ。

（この男が山賀か？）

鉄三郎は疑った。

だがその男の足の下には、既に青息吐息の忠輔が踏み据えられている。

ぐったりと力なく倒れ伏した忠輔が、息をしているかどうかは、鉄三郎のいる場所からでは定かに判別できない。だが、

「忠輔……」

鉄三郎以外の、剣組の同心の多くは、変わり果てた忠輔の姿に少なからず衝撃を受けた。判別も不可能なほどに殴られた顔は腫れあがり、その満面は鮮血に染まっている。

「誰だ、そいつは？」

眉一つ動かさず、鉄三郎は冷ややかに問い返した。当然相手は、一瞬絶句する。

「誰だって？　誰だって訊きやがったか、鬼畜生。てめえの部下の顔も見忘れやがったか」

一瞬絶句した後、《雲竜党》の頭はどうにか気を取り直して懸命に喚《わめ》いた。

「見忘れるわけがない」

笑いを含んだ冷たい口調で鉄三郎は応じる。

「我が配下には、そのような者はおらぬ」

「なんだと？」

「我が配下には、賊に拉致《らち》され、人相が変わるほどの折檻を受けてもなお、己の命惜しさに生きながらえる者などおらぬ、と申しておるのだ、鼠賊《そぞく》めがッ」

言うが早いか、鉄三郎は、足下に転がる賊の死骸を踏みしだいて跳んだ。

そのとき、鉄三郎から忠輔までの距離は約三間――。

瞬《また》きする間の、ほんの一瞬のことである。

一瞬後、大上段に振り翳《かざ》された鉄三郎の刀は、そいつの頭蓋を激しく叩き割っている。

ンごぎょッ、
そいつは瞬時に絶命した。

そいつの足下に身を横たえていた若い武士は、僅かに目を上げて鉄三郎を見ると忽ち満面に喜色を湛《たた》え、

「お…頭……」

切れ切れの声で、懸命に鉄三郎を呼んだ。その微かな声を、もとより鉄三郎は聞き

逃してはいない。

「死ぬな、忠輔」

忠輔の手をとり、耳許に囁いてやってから、鉄三郎はふと背後を顧みた。

「お頭……」

万一に備えて搦手《からめて》に配置しておいた少数の同心と、目明かし・手先たちが、いつの間にか邸内に入ってきている。

「搦手から逃げようとする者がいたのか？」

「はい」

「すべて捕らえたか？」

「いえ」

と伏し目がちに答えていたのは、意外にも目明かしの一人ではなく、居酒屋《よしの銀》の主人・銀平であった。寺島の急を知らせに江戸に戻った銀平だったが、島次のことが気になり、再び砦に戻ってきたのだ。

「裏口を入ったところで、島次が死んでおりました」

「…………」

「裏口を開けて、俺たちを中に入れようとしたところを見つかって、殺されたんでしょう」

「そうか」

鉄三郎は短く応じただけだった。

「誰か、忠輔の手当をしてやってくれ」

そしてすぐに話題を変え、その場から立ち去った。勿論他の場所も、隅々まで見廻るためだった。


「終わりました」

半刻ほど後、すべての後片付けを終えた寺島靭負は毛ほどの乱れもない様子で鉄三郎の前に駆けつけた。

一時激しく燃え盛って館の半分ほどを焼失させた炎も、いまはほぼ鎮火している。火薬を用いて火を熾《おこ》す者は、それを消す術にも通じていなければならない。火薬の矢を射込むと決めたときから、寺島は大量の土嚢を調達していた。

「ですが、お頭」

「なんだ?」

「すべての指揮をとっていた山賀という男は、はじめからここにはいなかったようです」

「なんだと？」

鉄三郎は僅《わず》かに顔色を変える。

が、鉄三郎自身、実は賊どもの慌てふためくさまを見て、それを予感してもいた。

「捕らえた者に問い糾《ただ》しましたところ、山賀がこの砦に来たのはただ一度だけで、ほんの寸刻滞在し、何名かの小頭たちに指図をすると、一日とてここには留まらず、立ち去ったそうでございます」

「では、山賀の立ち去った後、《雲竜党》の者どもは、ひたすら山賀の言いつけを守ってここに潜み続けたということか。おのれらが、なんのためにここへ集められたか、その理由《わけ》も知らずに——」

やや白みはじめる東の空を、苦渋の面持ちで鉄三郎はふり仰いだ。

墨に水を流したような空の色だ。夜明けにはまだほど遠い。だが、やがて夜が明けきったとき、鉄三郎は死屍累々《ししるいるい》たる無情の荒野に向き合わねばならないだろう。

「おのれ、山賀め、一体なにを企んでおったのか」

「何《いず》れ、ろくでもないことでございましょう」

鉄三郎の心中を慮ってか、淡々と寺島は応じた。

「この者たちは、甘言を弄《ろう》して一味に誘い込まれ、おのれがなにをしているかの自覚もないまま、ここでのうのうと群れておったのでございます。何れ命じられれば、なにも考えず、無辜《むこ》の命を奪ったことでしょう」

「…………」

淡々と語る寺島の端麗な顔を、鉄三郎は無言でじっと見つめた。

(小賢《こざか》しい)

と思わぬこともなかったが、口には出さなかった。寺島が、本当に鉄三郎に告げたいことは他にある、ということを薄々察していたからだ。

「あれに——」

寺島はふと、おのれの背後を指し示した。

そこに、忠輔はじめ、味方の負傷者が集められ、手当を受けている。手当にあたるのは、経験豊富な丸山善兵衛だ。その負傷者たちの集団から少し離れたところに、筵《むしろ》をかけられた死体がポツンと置かれていた。

「島次か?」

すぐに気づいて鉄三郎は問い返す。

「はい。死に顔を…見てやってくださいませぬか?」

寺島に促されずとも、鉄三郎の足は無意識にそちらへ向いている。

座り込み、筵《むしろ》を捲《めく》る。

無念な筈の島次の死に顔に、鉄三郎はしばし見入った。だが、その死に顔は眠るように安らかで、なにか楽しい夢でもみているかの如く幸福そうでもあった。

(大好きなお頭の夢でもみてるのかな)

思った瞬間、鉄三郎の視界が歪んだ。

だが鉄三郎は、己の両目に滲む熱いものを振り払うかのように、

「すぐに山賀の足どりを追わねばならぬ。捕らえた者共を引っ立てて、すぐ江戸に戻るぞ、《姫》」

鋭い口調で言い放ち、寺島の返事は聞かず、いまなお暗い荒野へと歩を踏み出していた。

時代小説

二見時代小説文庫

火《か》盗《とう》改《あらため》「剣《つるぎ》組《ぐみ》」 鬼《き》神《しん》 剣《けん》崎《ざき》鉄《てつ》三《さぶ》郎《ろう》

著者 藤《ふじ》水《み》名《な》子《こ》

発行所 株式会社 二見書房
東京都千代田区神田三崎町二－一八－一一
電話 〇三－三五一五－二三一一［営業］
〇三－三五一五－二三一三［編集］
振替 〇〇一七〇－四－二六三九

印刷 株式会社 堀内印刷所
製本 株式会社 村上製本所

落丁・乱丁本はお取り替えいたします。
定価は、カバーに表示してあります。

 ISBN978－4－576－18116－5
http://www.futami.co.jp/

藤 水名子

隠密奉行 柘植長門守 シリーズ

完結

伊賀を継ぐ忍び奉行が、幕府にはびこる悪を
人知れず闇に葬る！

① 隠密奉行 柘植《つげ》長門守《ながとのかみ》 松平定信の懐刀
② 将軍家の姫
③ 大老の刺客
④ 薬込役の刃
⑤ 藩主謀殺

旗本三兄弟事件帖

完結

① 闇《やみ》公《く》方《ぼう》の影
② 徒《かち》目《め》付《つけ》 密命
③ 六十万石の罠

与力・仏の重蔵

完結

① 与力・仏の重蔵 情けの剣
② 密偵《いぬ》がいる
③ 奉行闇討ち
④ 修羅の剣
⑤ 鬼神の微笑

女剣士 美涼

完結

① 枕橋の御前
② 姫君ご乱行

二見時代小説文庫